KB267500

내 이야기를 읽어주세요

내 이야기를 읽어주세요(원제 : 教室に並んだ背表紙)

1판 1쇄 2026년 1월 10일

지은이 아이자와 사코
옮긴이 김영주
펴낸이 주정관

편집주간 이지안
디자인 정혜린
경영지원 김은경

펴낸곳 북스토리㈜ **등록** 제22-1610호 (1999. 8. 18.)
주소 서울특별시 영등포구 양산로91 리드원센터 1303호
전화 02-332-5281 **팩스** 02-332-5283
홈페이지 www.ebookstory.co.kr **이메일** bookstory@naver.com

ISBN 979-11-5564-417-1 (43810)

KYOSHITSU NI NARANDA SEBYOUSHI by Sako Aizawa

Copyright ⓒ Sako Aizawa 2020

All rights reserved.

First published in Japan in 2020 by SHUEISHA Inc., Tokyo.

This Korean edition published by arrangement with Shueisha Inc., Tokyo

in care of Tuttle-Mori Agency, Inc., Tokyo, through TONY INTERNATIONAL, Seoul

내 이야기를 읽어주세요

아이자와 사코 지음
김영주 옮김

목 차 

1.

그 등에 손을 뻗으며

— 시타케 아오이 이야기

새 책이 들어왔을지 궁금해 늘 가던 책장 앞에 섰다.

도서실 접수대 근처에 있는 이 작은 책장에는 알록달록한 문고본들이 빼곡히 꽂혀 있다. 시오리 선생님이 중학생이 읽기 좋은 소설들만 골라 꽂아둔 것들이다. 간혹 예전 도서부원들이 고른 책도 섞여 있지만, 한눈에 보기 쉽게 한 책장에 정리해 놓아서 편하고 좋다.

이 책들 대부분은 주인공이 나와 같은 10대라서 재미도 있고 잘 읽혀서 학생들에게도 인기가 많다. 사실 중학생이나 고등학생이 주인공인 책을 찾는 건 생각처럼 쉽지 않다. 라이트노벨은 금방 찾을 수 있지만, 그게 아닌 소설들은 제목이나 표지로 내용을 짐작하고 줄거리를 일일이 확인해야 한다. 나는 어른이 주인공인 이야기는 왠지 공감이 잘 안 돼서 읽지 않는다.

그렇다고 이 책장에 있는 책들이 다 마음에 드는 건 아니다. 알록달록한 책등이 보기에는 좋은데 죄다 제각각이라서 통일감이 없다. 게다가 전부 제목 순으로 정리돼 있어 출판사나 출판 브랜드도 제각각이다. 그러다 보니 빨간색 책등 옆에 노란색 책등이 오고, 그다음엔 파란색이 나오기도 한다. 이건 뭐, 신호등도 아니고. 뿐만 아니라 중간 중간 라이트노벨이 섞여 있어서 이질감이 장난 아니다. 나라면 절대 이렇게 정리하지 않았을 거다.

작년 여름 엄마가 책장을 사주셨을 때 나는 가지고 있는 책들을 작가별로 출판사별로 분류하고, 책등 색깔의 조합까지 맞춰서 나만의 책장을 만들었다. 그러느라 몇 시간 동안 책을 붙들고 씨름했지만. 솔직히 그게 보기에도 좋고 원하는 책을 훨씬 더 쉽게 찾을 수 있다.

"이 책장 말인데요, 왜 작가나 출판사별로 정리하지 않은 거예요?"

한번은 시오리 선생님에게 물어봤더니 선생님은 검은 테 안경 너머로 의아한 듯이 눈을 깜빡이더니 말했다.

"그건 말이지, 책과 만나는 데 누가 썼는지, 어느 출판사인지 그런 건 중요하지 않거든."

"작가 이름은요? 같은 작가의 책을 더 읽고 싶어질 수도 있잖아요?"

"그럴 땐 이미 책을 만난 다음이니까 작가 이름순으로 정리된 책장에서 찾아보면 되지. 나중에 아오이가 책을 꽂을 때는 마음껏 예쁘게 정리해줘."

무슨 말인지 바로 이해는 안 됐지만, 선생님이 책장을 이렇게 해 놓은 건 어떤 책을 읽을지 잘 모르는 아이들이 제목만 보고도 마음에 드는 책을 고를 수 있게 하려는 의도 같았다.

나는 책장을 눈으로 쓱 훑으며 제목을 하나하나 마음속으로 읽어봤다. 그때 햇빛에 누렇게 바랜 책등이 눈에 띄었다. 오래된 명작소설 같았다. 꺼내서 표지를 보니 마음에 들었다.

'그래, 새 학기 첫 책은 너로 정했다!'

접수대로 가져가자 안쪽에서 컴퓨터 화면을 들여다보고 있던 시오리 선생님이 뒤를 돌아봤다.

"아, 아오이구나. 골랐어?"

"네. 이 책으로 할게요."

책을 내밀자 선생님은 말없이 그것을 받아들고, 기분이 좋은지 미소를 지으며 대출 처리를 해주었다. 선생님은 그 책장에 있는 책이나 자기가 읽은 책을 학생이 빌리러 오면 항상 기분 좋은 듯 웃는다. 뭐가 그렇게 좋아요 물었더니 이렇게 대답했다.

"내가 좋아하는 책을 누군가도 좋아하게 될지 모르잖아."

그게 그렇게 기쁠 일인가? 그 마음은 잘 모르겠지만 행복한 미소를 짓는 시오리 선생님의 얼굴은 꽤 보기 좋다.

"그럼, 저는 이만 가볼게요."

"응. 수고했어."

선생님에게 고개 숙여 인사하고 도서실을 나왔다. 하교 시간이니 도서부원 일도 끝이다. 일이라고 해봤자, 접수대에 앉아서 책을 읽거나 선생님의 일을 약간 돕는 정도지만. 도서실에 있으면 늘 마음이 편해서 당번이 아닌 날에도 자주 오게 된다.

복도를 걸으며 가방에 대출한 책을 집어넣었다. 낡은 책이라 가방 안에서 이리저리 움직여 더 망가질까 봐 교과서와 교과서 사이에 조심스럽게 끼워 넣었다. 다들 집에 갔는지 복도에는 오가는 애들도 없고 교실마다 불이 꺼져 있어서 좀 어두컴컴했다. 조금 무서웠다.

그때 갑자기 큰 소리가 들렸다. 깜짝 놀라 어깨가 움찔했다. 뒤이어 왁자지껄 웃고 떠들며 여자아이 셋이 계단을 내려오는 모습이 보였다. 그들은 큰 소리로 깔깔대며 어깨를 치거나 팔꿈치로 툭툭 찌르는 식의 장난을 치고 있었다. 그냥 그뿐이었는데, 그 쓸데없이 큰 목소리가 무척 귀에 거슬렸다.

나는 그들의 등을 노려보면서 걸음 속도를 늦춰 그들이 지나가기를 기다렸다. 그런데 그중에 낯익은 얼굴이 눈에 들어왔다. 1학년 때 같은 반이었던 미사키였다.

정말이지, 나는 저 아이가 너무 불편하다.

*

운은 언제나 내 편이 아니다. 2학년 반 배정에서도 역시나 마찬가지였다. 1학년 때도 참 운이 없다고 생각했는데, 그건 올해도 다르지 않은 것 같다. 초등학교 때 친했던 친구 중 단 한 명도 같은 반이 되지 않았다.

그렇지만 크게 상관하지 않는다. 어차피 나는 다른 애들처럼 큰 소리로 깔깔대며 웃는 것도 성격에 안 맞고 혼자 있는 게 훨씬 마음 편하니까. 조용히 책만 읽을 수 있으면 그걸로 충분하다. 귀한 쉬는 시간을 한심한 수다로 소비하는 건 아깝다. 더군다나 애들 수준에 맞춰서 대화하는 것은 너무 피곤하다. 그런 일에 시간을 낭비하느니 차라리 책을 읽는 게 낫다. 어차피 걔들과 나는 다른 종족이니까.

"사타케는 우리랑 캐릭터가 다르잖아."

작년 봄에 미사키가 했던 이 말은 정말 맞는 말이다. 대체 어쩌다가 그 애들과 어울리게 됐는지 잘 기억이 나지 않는다. 아마 과학 실험 같은 걸 하면서 조가 정해졌고, 그러다 말을 섞게 된 뒤부터였을 거다. 하지만 나는 그런 애들과 정말 안 맞았다. 무슨 생각을 하는지도 모르겠고, 자기 생각보다는 모두에게 맞춰서 얘기해야 하는 게 너무 어려웠다. 그래서 그 애들이 장난처럼 나한테 말을 걸어오거나 건드릴 때 어떻게 반응해야 할지 몰라서 자주 당황했다. 자연스럽게 웃질 못해서 고개만 푹 숙이게 되고 재밌는 말도 못하고 목소리는 기어들어갔다. 그래서 누군가가 "애들아, 사타케가 곤란해하잖아." 했을 때, 정말 딱 맞는 말이라고 생각했다. 진짜 곤란했으니까.

그런데 그 말을 듣고 무리의 리더 격인 미사키가 말했다.

"그치, 사타케는 우리랑 캐릭터가 다르잖아."

"캐릭터가 다르다는 게 뭐야? '아싸'라는 말이야? 에리도 참, 너무해." 그러면서 다들 폭소를 터뜨리며 웃었다. 마치 교실 전체가 나를 보고 웃는 것 같은 기분이 들었다.

그 순간 얼굴이 화끈거려 견딜 수 없었던 기분은 지금도 또렷이 기억한다. 얼굴이 뜨거워지고 눈이 빠질 듯이 아파서 결국 눈을 뜰 수 없었던 그 느낌은, 교실에서 애들이 단체로 웃을 때마다 불쑥불쑥 되살아난다.

그래. 맞아. '아웃사이더, 아싸.' 나도 안다. 내가 음울하다는 거. 반 아이들과 말도 잘 못하고 자꾸 고개만 숙이고 잘 웃지도 않고 책만 들여다보고 있으니까. 그런 나와 미사키 무리는 다르지. 밝고 시끌벅적하고 에너지 넘치고 운동도 잘하고, 뭔가 인생을 재밌게 살아가는 느낌이니까. 미사키는 '인싸', 그 자체다. 나처럼 책을 읽으며 현실 도피할 필요도 없을 만큼 현실 세계가 즐거운 거겠지.

아무튼 그때부터 미사키와 그 무리가 불편해졌다. 될 수 있으면 눈을 마주치지 않으려고 교실에서 바닥만 보며 지냈다. 귓가에 들리는 그 애들의 웃음소리가 거슬려 쉬는 시간에는 교실에서 나와 도서실에 갔다. 그곳에는 시오리 선생님이 있고, 아주 친하지는 않지만 나처럼 독서를 좋아하는 도서부원 친구들이 있다. 거기에서 보내는 시간이 좋았기에 굳이 떠들썩한 교실에 있을 필요는 없었다.

2학년이 되면서 미사키 무리와는 다른 반이 되었다. 지금도 여전히 시끄러운 애들이 반을 지배하고 있지만, 미사키 무리와 비교하면 그래도 차분한 편이다. 게다가 내 세계는 도서실이 전부라서, 그런 애들은 도서실에 안 오니까 역시 나와는 관계가 없다. 따라서 나의 일상은 평온해야만 했다.

*

5월 초 골든위크(4월 말부터 5월 초에 걸쳐 휴일이 집중되어 있는 일본의 장기 연휴기간_역주)가 끝났을 때의 일이다. 교실은 아침부터 온통 연휴를 보낸 이야기로 떠들썩했다. 어디에 놀러갔었다느니 친구랑 무슨 영화를 보러갔었다느니 하는 들뜬 분위기의 이야기들이 어지럽게 뒤섞였다. 자기가 연휴에 어디 놀러갔었다는 걸 왜 큰 소리로 떠드는 거지? 그 이야기에 결말이 있나? 물론 나도 온천으로 가족여행을 다녀오긴 했다. 하지만 지루하기만 하고, 차도 엄청나게 밀려서 하마터면 차 안에서 오줌을 쌀 뻔했다. 물론 싸진 않았지만. 저렇게 누군가에게 떠벌릴 만큼 재밌는 일이 없었다는 뜻이다. 쟤네들은 어떻게 재미도 하나 없고 지루하기 짝이 없는 이야기를 친구들 앞에서 주절주절 늘어놓을 수 있는 거지? 진심 대단하다.

점심시간이 되어 피신하듯 도서실에 갔더니 거기서도 연휴 이야기가 한창이었다. 진짜 넌더리가 났다. 게다가 도서부원 중 한 아이는 여행 기념 선물이라며 쿠키가 든 작은 봉투를 하나 몰래 줬다. 나는 그것을 손에 든 채, 어떻게 처리해야 할지 몰라 난처했다.

도서실은 원래 음식물 반입 금지다. 그러나 도서부원들은 점심시간에 책을 빌리러 오는 아이들 때문에 시오리 선생님의 공간인 사서실에 와서 점심을 먹는다. 그건 도서부원만이 누릴 수 있는 소소한 특권이었지만, 밥을 다 먹고 업무가 시작되면 바로 나와야 했다.

그러니 도시락을 다 먹고 사서실을 나온 지금 쿠키 하나 먹겠다고 다시 들어갈 수는 없는 노릇이었다. 시오리 선생님은 평소에는 온화하고 상냥하지만 한번 화가 나면 딴사람처럼 무섭게 변했다. 할 수 없이 나는 쿠키 봉투를 치마 주머니에 쑤셔 넣고 접수대 의자에 앉았다. 선생님은 컴퓨터 화면과 눈싸움이라도 하듯 노려보며 일에 집중하고 있었다. 다른 도서부원들은 한동안 테이블 쪽에서 떠들썩하더니 어느새 사라지고 없었다. 점심을 다 먹은 시간대가 되었는지 학생들이 하나둘 도서실로 들어오기 시작했다. 그러나 접수대에 오는 아이는 없었다.

그때 도서실 입구에서 낯익은 얼굴을 발견하고 나도 모르게 흠칫 놀랐다. 도서실과는 절대로 어울리지 않는 아이가 거기 있었기 때문이다.

미사키.

밝고 쾌활하고 목소리가 큰, 나와는 전혀 다른 세계에 사는 아이. 미사키는 도서실 입구에서 얼굴을 내밀고는 주위를 두리번거리며 살폈다. 책 빌리러 온 건가? 아니, 그럴 리가 없다. 저 애가 책을 가까이 하는 모습을 본 적이 없으니까. 아침독서 시간에도 잡지를 가져와서 선생님에게 꾸중을 듣는 애니까. 그런 애가 여긴 뭐 하러 온 거지? 더구나 혼자.

미사키가 혼자 있는 건 처음 봤다. 그 모습이 낯설어서인지 평소보다 기운이 없어 보이고 차분한 느낌이었다.

미사키는 불안한 표정으로 도서실을 살피고는 서가 쪽으로 가지 않고 테이블에 앉았다. 그러고는 어깨에 메고 있던 가방을 열고 오렌지색 천으로 싼 상자 모양의 물건을 꺼냈다. 도시락이었다. 미사키는 보자기를 풀고, 도시락 뚜껑을 열어 밥을 먹기 시작했다.

"어머!" 쓴웃음 섞인 목소리가 어깨너머에서 들려왔다. 돌아보니 바로 뒤에 시오리 선생님이 서 있었다. 선생님은 난감한 표정으로 미사키를 보며 중얼거렸다.

"여기선 음식 먹으면 안 되는데."

"그러게요, 왜 저럴까요?"

"아오이, 가서 주의주고 와."

"네?" 말문이 막혀 선생님을 올려다보았다.

"왜 제가……."

"도서부원이잖아."

선생님은 너무도 당연하다는 듯 허리에 손을 얹고 말했다.

물론 내가 도서부원인 건 사실이지만. 그렇게 말할 것 같으면 선생님은 학교 사서 선생님이고, 그 일로 월급을 받잖아요. 그러니 그건 선생님 일 아닌가요?

"아니, 그래도 저는 패스할게요."

"왜?"

"왜라뇨…… 불편하단 말이에요, 저런 애."

"친구야?"

"친구라면 불편하다고는 안 하겠죠."

"그럼, 왜 그러는데?"

"그냥, 안 되는 건 안 되는 거예요. 성격이 안 맞아요. 세상에는 어떻게 해도 궁합이 안 맞는 조합들이 얼마든지 있잖아요. 물과 기름이라든가. 탕수육에 파인애플처럼."

"흐음." 시오리 선생님은 "난 탕수육에 들어 있는 파인애플 좋아하는데……." 하고 미사키에게 다가가 뭐라고 말을 했다. 잘 들리지는 않았지만 아마 여기서는 음식을 먹으면 안 된다는 말이겠지. 그러자 미사키는 화들짝 놀란 표정을

짓더니 몇 번이나 머리를 조아렸다. 그러고는 허둥지둥 도
시락 뚜껑을 덮고 자리를 정리하기 시작했다. 천천히 해도
된다고 진정시키는 것처럼 선생님이 손을 들었지만, 미사키
는 도시락을 가방에 아무렇게나 쑤셔 넣고는 황급히 도서실
을 나갔다. 시오리 선생님은 그 뒷모습을 바라보다가 이쪽
으로 돌아와 고개를 갸웃거리면서 어쩐지 어두운 표정으로
중얼거렸다.

"왜 이런 데서 혼자 점심을 먹으려고 했을까?"

바보라서 그렇죠. 이렇게 대답하려다가 괜히 야단맞을 것
같아서 입을 꾹 다물었다.

*

그 후로도 미사키는 거의 매일 도서실에 왔다.

참 이상한 일이었다. 어울리는 무리들은 어디 가고 혼자
서 도서실에 오는 거지? 1학년 때는 한 번도 온 적 없는 도서
실에. 미사키는 점심시간뿐만 아니라 방과 후에도 도서실에
나타나기 시작했다.

미사키는 우리가 사서실에서 점심을 다 먹을 때쯤 찾아왔
다. 책장 사이를 어슬렁거리며 걷다가 잡지 같은 걸 집어 들

고 테이블에 앉아 시큰둥한 표정으로 책장을 넘겼다. 대부분 가볍게 넘기며 보기 좋은 패션지였다. 책장을 무심히 넘기며 보다가 수업 시작 직전에 책을 덮고 교실로 돌아갔다. 방과 후에도 미사키는 곧장 도서실로 찾아와 역시나 같은 잡지를 뒤적이고, 가끔은 도감 종류의 책을 훑어보며 삼십 분쯤 시간을 보내다가 돌아갔다. 공부를 하는 것도, 소설책을 읽는 것도 아니면서 여긴 뭐 하러 온담.

애들이랑 어울려 요란한 웃음소리를 내며 떠들던 애가 혼자서 조용히 시간을 보내는 모습을 보니 낯설지만 어쩐지 신선하기도 했다. 그 애를 관찰하면서 새롭게 알게 된 것도 있다. 말없이 고개를 살짝 숙인 채 잡지를 들여다보는 모습은 어딘지 우수에 차 보였고, 윤기 나는 긴 머리 때문인지 검은색 뿔테 안경을 쓰면 문학소녀 같은 느낌도 날 것 같았다. 얼핏 시오리 선생님의 이미지도 보였다. 읽는 책이 패션잡지라는 점에서 이미 문학소녀는 실격이지만.

"아오이."

미사키가 돌아간 뒤 접수대에서 턱을 괴고 멍하니 있는데, 시오리 선생님이 불렀다.

"무슨 일 있어? 책도 안 읽고."

"잠깐 생각 좀 하느라요."

선생님은 이상하다는 듯 고개를 갸웃거렸다. 그러고는 손에 들고 있던 노트를 내밀었다.

"아오이, 시간 있으면 여기에 답 좀 해줄래?"

선생님이 내민 건 〈책 처방 노트〉였다. 특별할 거 없는 흔한 노트에 선배 도서부원이 친근한 글씨체와 컬러 펜으로 예쁘게 꾸민 것이다. 평소에 접수대에 놓아두고 학생들이 '이러이러한 책을 읽고 싶다'라고 쓰거나 도서실 이용자들이 자신이 추천하고 싶은 책을 적으면 시오리 선생님이나 도서부원들이 거기에 답을 해주는 방식으로 학생과 도서실의 교류가 이루어지는 노트였다.

선생님은 노트의 마지막 페이지를 펼쳐 보였다. 나는 거기 적힌 내용을 훑어보았다. 조금은 딱딱한 인상이 드는 단정하고 정갈한 글씨로 이렇게 적혀 있었다.

여자아이가 주인공인 이야기를 읽고 싶습니다. 하지만 연애, 동아리, 우정, 그런 종류는 싫어요.

"아오이랑 취향이 맞는 것 같지 않아?"

선생님의 말에 나는 작게 코웃음을 쳤다. 뭐, 하긴 그럴지도 모르겠다. 어쨌든 이건 이야기의 요소를 전부 부정하는 어려운 요청이었다. 시오리 선생님은 도서부원들의 독서 취향을 다 파악하고 있어서 내가 어떤 책을 좋아하는지도 잘 알았다. 그러니 이건 내가 가장 잘 답할 수 있는 질문일 것이다. 이 친구, 취향이 제법인데.

"뭐 생각나는 책 있어?"

"으음." 여자아이가 주인공인 소설은 대개 로맨스물이거나, 동아리 활동이나 우정에 관한 것들이 대부분이다. 설령 그렇지 않은 작품이 있다 하더라도 나는 잘 읽지 않는다.

나는 이 질문을 보는 순간 머릿속에 책 몇 권이 떠올랐다. 필통에서 샤프를 꺼내 노트를 펼쳤다. 음, 어떤 책부터 소개해야 할지 생각하고 있는데, 시오리 선생님은 내가 추천할 책을 떠올리지 못한다고 오해했는지 힌트를 주었다.

"지난주에 빌려간 그 책은 어때? 이거랑 좀 맞지 않아?"

"아아, 그 책이요……. 으음, 그건 별로였어요."

"아, 그렇구나. 아쉽네."

시오리 선생님은 양손으로 볼을 감싸고 의자에 앉았다.

"근데 왜? 아오이가 좋아할 줄 알았는데."

"왜냐면요."

그렇게 물어보니 바로 답이 안 나왔다. 나는 잠시 생각을 정리하고 대답했다. 어쩐지 시오리 선생님의 표정이 너무 아쉬워보여서 제대로 이유를 설명하지 않으면 안 될 것 같았다.

"뭐랄까……, 저는 결말이 분명하지 않은 이야기는 별로 좋아하지 않아요."

조용히 고개를 끄덕이며 선생님은 내 옆자리에 앉았다. 안경 너머로 다정한 눈빛이 다음 이야기를 재촉했다.

"그 책에 실린 단편들은 마지막이 다 흐릿하게 끝나잖아요. 뭔가 좀 비겁해요. 주인공이 어떤 선택을 했고, 그 결과가 어떻게 됐는지 아무것도 안 알려줘요. 해피엔딩일 수도 있고 배드엔딩일 수도 있는데, 그런 식으로 그냥 독자가 알아서 생각하라고 떠넘기는 느낌이 싫어요."

손에 든 샤프를 빙그르르 돌리면서 책을 읽을 때 느꼈던 불만을 얘기했다. 그러자 선생님은 키득키득 웃음을 터뜨렸다.

"왜 그러세요?"

"아니야. 전에도 비슷한 말을 한 아이가 있었거든."

선생님은 그렇게 말하곤 고개를 끄덕였다.

"그러게, 아오이 말이 맞는지도 모르겠네."

"그럼, 선생님은 왜 그런 이야기를 좋아하세요?"

"음……. 아마도 그런 게 바로 독서의 매력 중 하나라서?"

무슨 말인지 모르겠다. 나도 모르게 미간을 좁히고 선생님을 쳐다보았다.

"왜냐면 거기에 어떤 결말을 그려 넣을지는 독자의 자유거든. 이야기가 어디로 흘러가는지, 그다음엔 어떻게 되는지를 전부 독자의 가치관에 맡겨두는 거지. 그런 점이 뭔가 우리의 마음을 시험하는 느낌이 들지 않아?"

선생님이 말하는 그런 느낌이라는 게 뭔지, 더 감이 잡히지 않았다.

"주인공이 행복해질 수 있느냐 없느냐는 결국 우리 마음에 달렸어. 다시 말해, 그것은 우리가 우리 자신을 행복하게 할 수 있는지 어떤지도 우리한테 달렸다는 얘기야."

가끔 선생님은 이렇게 알 듯 말 듯한 말을 한다. 미심쩍어하는 내 마음이 고스란히 얼굴에 드러났는지 선생님은 머쓱한 표정을 지으며 말했다.

"미안, 미안. 신경 쓰지 마. 그건 어디까지나 내 생각이니까." 그러고는 잠시 자리 좀 지켜줘, 하고 도서실을 나갔다.

이미 늦은 시간이라 도서실에는 사람이 거의 없다. 졸지에 덩그러니 혼자 남게 되었지만, 〈책 처방 노트〉에 답변을 쓰려면 오히려 혼자 있는 게 집중할 수 있어서 더 낫다. 후보군 중에서 두 권을 소개하기로 마음먹고, 그 이야기의 매력에 대해 간단히 쓰기로 했다. 이 삐딱한 취향을 가진 질문자는 누굴까? 질문하는 사람도, 응답하는 사람도 이름을 쓰는 건 자유지만, 이 질문에는 이름이 적혀 있지 않았다.

*

쏟아지는 졸음에 하품을 억지로 참는다.

어제 읽은 책이 너무 재밌어서 어쩌다 보니 밤을 새우다시피 했다. 오늘은 도서부 당번이 아니라서 방과 후에 접수대에 앉아 있지 않아도 되지만, 책을 빌리러 왔다가 시오리 선생님이 잠시 비운 자리를 맡게 되었다. 조금 전까지 도서 보호 필름을 싸는 일을 하던 도서부원 마미야가 접수대에서 조금 떨어진 자리에서 책을 읽고 있다. 서점의 북커버가 씌워진 걸 보니 본인 책 같은데, 무슨 책을 읽는지 살짝 궁금했다. 마미야는 나와 같은 학년이고 사서실에서 같이 밥을 먹은 적도 있지만, 대화를 나눠본 적은 거의 없었다. 취향이 맞는다면 친하게 지내고 싶은데, 그게 아니라면 곤란하니까 섣불리 말을 걸기가 어렵다. 그렇게 힐끗힐끗 마미야를 쳐다보는 바람에 늦게 알아차렸다.

"저기……."

고개를 들자, 미사키가 바로 눈앞에 서 있었다. 화들짝 놀라 심장이 쿵쾅거린다. 뭐지, 대체 무슨 용건이야? 드디어 선전포고라도 하러 온 건가? 너희 인싸가 아싸의 성역을 점령하기라도 할 셈이야?

"책을 빌리고 싶은데, 어떻게 하면 돼?"

"어? 아, 그게." 약간 당황한 기색으로 접수대를 뒤돌아본다. 꼭 이럴 때만 시오리 선생님은 자리에 없다. 마미야는 독서에 몰두해 있는 듯했지만, 일부러 이쪽을 못 본 척하는 것 같기도 했다. 다른 도서부원들은 안쪽에서 게시물을 만드는 작업을 하고 있어서 등을 돌리고 있었다.

"그럼, 그, 책이랑 학생증을……."

미사키가 들고 있는 책으로 시선을 옮기다가 나는 말을 멈추고 무심코 중얼거렸다.

"그거……."

내 말에 미사키가 의아하다는 듯한 표정을 지었다.

"왜? 못 빌려?"

"아니……. 그게 아니라."

그 애가 들고 있는 책은 시오리 선생님의 부탁으로 내가 〈책 처방 노트〉에 소개한 작품 중 하나였다. 수수한 제목에 수수한 표지, 수수한 줄거리까지 삼박자가 맞아떨어진 이 책을 자진해서 찾는 사람은 거의 없다. 저자의 이름도 '사'로 시작하는 코너에서 찾아야 하는 줄 알았는데 알고 보니 '타' 로 시작하는 코너에서 찾아야 했던, 어쨌든 찾는 것 자체가 쉽지 않은 책이다. 그렇다면 미사키가 이 책을 들고 있는 이유는 단 하나다.

"그거, 미사키였어?"

"그거?" 미사키는 미간에 주름을 잡으며 의아하다는 표정을 지었다.

"아, 그러니까, 그게……." 나는 접수대에 놓여 있는 노트를 가리켰다. 미사키는 놀란 듯 눈을 크게 뜨더니 이내 부끄러운 듯 고개를 숙였다.

"아, 응."

기껏 익명으로 썼는데 이렇게 들켜버렸으니 민망하겠지.

"아, 미안. 근데 있잖아, 이 책 추천한 사람이 나야."

"그렇구나."

미사키는 여전히 고개를 푹 숙인 채로 말했다. 대화는 더 이어지지 못했다. 어색한 침묵이 흘러 대화를 이어갈 말을 찾았지만, 결국 아무 말도 못 한 채 대출 처리를 끝냈다. 책 위에 미사키의 학생증을 올려 그대로 내밀었다.

"자, 여기. 대출 기간은 이 주일이야."

미사키는 말없이 고개를 끄덕였다. 그 애가 책을 받아들고 내 손끝에서 책의 질감이 사라지려는 순간, 황급히 말을 덧붙였다.

"괜찮으면, 감상 들려줘."

쥐어짜듯 간신히 나온 목소리는 교실이었다면 금세 소음에 묻힐 만큼 연약하기 짝이 없었다. 그러나 그 말은 기적처럼 미사키에게 닿은 것 같았다.

"응." 미사키는 손에 든 책을 품에 꼭 끌어안고 고개를 끄덕였다. 그렇게 생각해서 그런지 입꼬리가 웃고 있는 것처럼 보였다. 나는 책을 건네주려고 일어섰던 자세 그대로, 사라져가는 그 애의 뒷모습을 끝까지 지켜보았다. 긴장한 탓인지 다른 이유가 있는 건지, 심장 박동 소리가 귓속까지 쿵쾅거리며 울렸다. 이렇게 심장이 두근거리는 것은 오랜만에 느끼는 감각이었다. 손바닥에 땀이 나고 가슴이 저릿해지면서 뺨이 뜨거워졌다. 책에 푹 빠져 책장을 넘길 때처럼, 가슴 설레는 모험 속으로 주인공과 함께 여행을 떠날 때와 같은 느낌이 들었다. 그 책이 미사키의 마음에 들었으면 좋겠다고 생각했다.

"내가 좋아하는 책을 누군가도 좋아하게 될지 모르잖아."

시오리 선생님의 말 뜻을 아주 조금 이해할 것 같았다.

					*

　다음 날도, 그다음 날도 미사키는 도서실에 왔다.

　손에는 늘 펼쳐보던 패션잡지가 아니라 내가 추천한 책이 들려 있었다. 미사키는 테이블에 앉아 책을 펼쳤다. 그러고는 조용히 책을 읽어나갔다. 살짝 숙인 옆얼굴과 내리깐 눈매가 뺨에 닿은 까만 머리카락에 살짝 가려 있었다. 수수한 표지의 책을 들고 있어서인지 이번에야말로 정말 문학소녀 같은 분위기를 풍겼다.

　하지만 유감스럽게도 책장을 넘기는 속도는 느렸다. 나는 그 소설을 하루 만에 다 읽었는데, 저 애의 독서 속도는 굼벵이처럼 느렸다. 저 속도라면 다 읽을 때까지 얼마나 걸리려나. 책에 대한 감상을 들으려면 최소한 며칠은 걸릴 것 같다.

　"오늘도 왔어."

　하루는 점심시간에 접수대에서 여전히 느릿느릿 책장을 넘기는 미사키를 보고 있는데, 등 뒤편 접수대 안쪽에서 말소리가 들려왔다. 소리는 작았지만 내가 아주 질색하는 애들의 목소리라 귀가 예민하게 반응했다.

　"소문이 진짜였네."

　"그거 알아? 점심을 화장실에서 먹나 봐. 내 친구가 봤대."

"우웩, 불결해. 완전 인생 망했네, 그 정도면."

접수대 안쪽에는 마미야 무리가 모여 도서부원이 추천하는 책의 POP 홍보 문구를 손으로 쓰고 있었다. 나는 어깨너머로, 소문 이야기에 한창 열을 올리고 있는 그 애들의 시선을 따라가 봤다. 테이블에서 묵묵히 책을 읽고 있는 아이가 보였다. 미사키였다. 언제나 점심시간이 되면, 다들 도시락을 정리할 때쯤 어김없이 나타나 조용히 구석에 숨었다가 어느새 사라지곤 하는 아이.

시오리 선생님이 없는 틈을 타 마미야 무리는 뒷담화를 계속했다. 요즘 들어 선생님은 꽤 바쁜지 좀처럼 모습을 볼 수가 없다. 원래는 사서실에서 함께 점심을 먹곤 했는데 요즘은 사서실 문만 열어둔 채 어디론가 사라지기 일쑤였다. 마미야 무리는 주변은 신경 쓰지 않고 소문 이야기에 열중했다.

나는 마미야 무리가 하는 이야기를 들으면서, 소문의 줄거리를 내 나름대로 추측해 봤다. 이전부터 왠지 그럴 것 같다는 생각이 들기도 했다. 그러니까, 미사키는 전쟁에서 진 것이 분명하다. 그 싸움이 어떤 계기로 시작되었지는 모르겠지만 전력 차이는 확실히 압도적이었을 거고, 교실에서 설 자리를 잃은 미사키는 안식처를 찾아 방황했을 것이다.

가장 곤란한 건 아마도 점심시간이었을 것이다. 교실이라는 지뢰밭 속에서 밥을 먹을 수 있을 만큼 대담한 사람은 아니었을 테니까. 문득 처음 도서실 테이블에서 도시락을 펼치던 미사키의 모습이 떠올랐다. 지금은 어디서 밥을 먹을까? 마미야 무리가 말한 대로 정말로 화장실에서 먹는 건가?

"사타케도 엮이지 않는 게 좋을 거야."

불쑥 마미야가 그렇게 말했다. 순간 놀라서 심장이 뛰었고, 책을 읽는 미사키에게서 황급히 시선을 거두었다. 눈을 몇 번 깜박이고 나서야 마미야 일행의 시선을 똑바로 바라볼 수 있었다.

"지난번에 저 애랑 얘기했었지?"

미사키가 책을 빌리러 왔을 때를 말하는 것 같았다. 그러고 보니 그때 마미야는 바로 근처에서 책을 읽고 있었다.

"그냥, 책을 대출해준 것뿐인데." 괜히 변명하듯 그렇게 말했다.

"그랬겠지, 근데 아무튼 걔랑 말하면 똑같이 당한대."

"설마, 그렇게까지야……."

"우린 엮이고 싶지 않거든." 선언하듯 말하는 마미야의 눈을 보고, 나는 그 말의 의미를 이해했다.

미사키와 조금이라도 엮였다가는 전쟁에 휘말릴 것이 뻔

했다. 총알이 빗발치듯 쏟아지고, 그 전쟁의 불길은 도서실까지 번지게 될지도 모른다. 마미야 무리는 그걸 피하고 싶은 것이다. 만약 내가 미사키와 한마디라도 더 나눈다면, 이 아이들은 나를 배신자로 몰아세울 것이고, 결국 이 도서실에서 쫓겨나는 건 내가 될 거라는 생각이 들었다.

"나도 개랑 친구는 아니거든."

"그럼 됐어."

"솔직히 난 저런 애가 너무 불편한 스타일이라……."

나는 얼버무리듯이 말하며 어색하게 웃었다. 그 순간, 마미야 무리가 놀란 표정을 지었다. 비명이라도 지를 것처럼 내 뒤를 바라보았다. 무슨 일인가 싶어 뒤를 돌아보자, 거기에 미사키가 서 있었다.

우리를 바라보는 미사키는 어딘가 의아한 듯한 얼굴을 하고 있었다. 방금 나눈 대화 내용은 듣지 못한 것 같았다. 손에는 그 책이 들려 있었다. 나와 눈이 마주치자 미사키는 잠시 숨을 고르고 설레는 목소리로 말했다. 얼굴을 살짝 붉힌 채, 반짝이는 눈빛으로.

"사타케, 나 이 책 다 읽었어. 추천해줘서……."

하필이면 지금? 아무 말도 듣고 싶지 않았다. 아무것도 알고 싶지 않고, 아무것도 보고 싶지 않았다. 나는 고개를 숙인 채로 접수대 오른쪽을 가리켰다.

"반납은 거기 선반에 그냥 두면 돼."

나는 빠르게 말을 뱉으며 미사키의 말을 잘랐다. 그 애를 보지 않으려고 마미야 쪽으로 시선을 돌렸다. 마미야는 숨을 죽이고 지켜보고 있었다. 아무 일도 아니라는 듯 웃고 싶었지만, 마음처럼 되지 않았다.

나는 절대 배신자가 되지 않을 거야. 그러니 나한테서 이 장소를 빼앗지 말아줘.

미사키가 뭔가를 말했다. 하지만 나는 그 말을 의식적으로 귀에서 밀어냈다. 너무 작게 속삭이듯 말해서 들리지도 않았다.

"나 바쁘거든." 내가 그렇게 말하자, 미사키는 도망치듯 도서실에서 나갔다. 나는 그 모습을 못 본 척했다.

이제 됐어. 이걸로 된 거다. 어차피 우리는 서로 사는 방식이 다른걸. 탕수육과 파인애플처럼 같이 먹으면 상극인 음식이라고.

"아오이, 무슨 일 있어?" 돌아온 시오리 선생님이 물었다. 내 표정이 이상했는지 선생님은 조금 걱정스러운 눈빛으로 날 보았다. 나는 웃으며 대답했다.

"아뇨, 아무 일도 없어요."

지루하기만 한 매일을 그림자처럼 숨을 죽이며 살아간다.

아무도 나 같은 건 신경 쓰지 않는다. 청춘을 만끽하는 풍경들에 둘러싸인 채, 나는 손에 든 책으로 시선을 떨군다.

그건 여느 때와 다름없는 일상이었다. 말을 걸어주는 친구는 없지만, 책만 있으면 그런 건 필요 없다. 그렇지만 여전히 교실은 숨이 막힐 정도로 답답하다. 마치 깊은 바닷속을 잠수하듯 앞이 보이지 않는 나날을 살아가야 한다는 사실은 변함이 없다. 그렇기에 점심시간과 방과 후는 나에게 낙원이나 마찬가지였다. 깊은 바다에서 올라와 잠깐 얼굴을 내밀어 신선한 공기를 들이마시는 것이 허락되는 시간. 도서부원이라 정말 다행이다. 도서실이 없었다면, 시오리 선생님의 사서실이 없었다면, 나는 도시락을 먹을 곳조차 없었을 거다. 화장실에서 밥을 먹는다는 건, 그건 아무리 생각해도 너무하다. 정말이지, 말이 안 된다. 그러니까 나는 이 장소를 지켜야만 한다. 마미야 무리와 괜히 적대하여 이곳을 잃을 수는 없다. 올바른 선택을 한 것이다.

그런데 왜일까. 우울해서 견딜 수가 없다.

그날은 부슬부슬 비가 내렸다. 장마철이 가까워져 도서실은 눅눅한 공기로 가득 차 있었다. 그 때문인지 테이블에 앉아 공부하는 몇몇 아이들 외에는 사람이 별로 없어 무척 조용했다. 도서부원들도 나 말고는 아무도 없었다.

"아오이, 무슨 일 있어?" 시오리 선생님의 목소리에 고개를 들었다. 회의를 마치고 온 듯한 선생님이 문을 열고 나를 바라보며 서 있었다.

"아무 일 없는데요."

"그래?" 선생님은 고개를 갸웃거리더니 웃으며 말했다.

"오늘처럼 비 오는 날은 독서하기에 딱 좋잖아. 책을 읽어야지."

"그럼 재밌는 책 하나 추천해주세요."

접수대에 엎드린 채 슬쩍 어리광부리듯 말하자, 선생님은 손가락을 턱 끝에 갖다 대며 그럴까? 하고 중얼거렸다. 그러고는 선생님이 좋아하는 책들을 모아놓은 작은 책장으로 가더니 가만히 책장을 바라보았다.

"이런 건 어때?" 선생님이 꺼낸 것은 전에 궁금해서 줄거리를 확인했던 책이었다.

"그거 동아리 얘기잖아요. 패스."

"아오이, 너무 까다롭다니까." 선생님은 입을 삐쭉 내밀고는 책장에 책을 도로 꽂으며 눈으로 다른 책들을 훑었다.

"그럼 이 책은 어때? 내가 고등학생 때 읽었던 건데 제목이 근사해." 선생님이 가리키는 책 제목은, 누가 봐도 분명한 로맨스물이었다.

"로맨스물, 패스요."

"치." 선생님은 볼에 바람을 넣어 부풀렸다. 그 모습이 귀여워서 나는 접수대에 엎드린 채 웃었다.

"어렵네. 아오이 취향에 맞는 책들은 이미 거의 다 소개한 거라서."

나는 고개를 들어 책장을 뚫어지게 보는 선생님의 옆얼굴을 바라보았다. 선생님은 한 손으로 안경을 고쳐 쓰고는 다른 책장으로 시선을 돌렸다.

"그럼 추리소설은 어때? 내가 엄청 좋아하는 작가가 있는데."

"살인사건은 싫어요. 피비린내도 싫고."

"아, 정말 까다롭네." 선생님은 원망스러운 듯한 표정으로 나를 흘겨보았다. 그리고는 피식 웃으며 물었다.

"아오이는 왜 연애소설이나 동아리 활동 이야기 같은 걸 싫어해? 선생님은 좀 아깝다고 생각해. 싫다고 해서 아예 책을 펼쳐보지도 않는 건 말이야."

"싫은 건 싫은 거죠. 어쩔 수 없어요."

"책은 말이지, 읽어보지 않으면 어떤 이야기가 담겨 있는지 알 수가 없어."

"그야 당연하죠."

"그러니까." 선생님은 웃었다. 그리고 늘어선 책장을 쓱 훑으며 말했다.

"그런데 있잖아, 여기 있는 책들은 전부 이렇게 책장에 꽂힌 채로 자신을 집어 들 누군가를 기다리고 있어."

나도 덩달아 선생님의 시선을 따라갔다. 도서실에 질서정연하게 놓인 묵직한 책장들. 그 안에 꽂혀 있는 형형색색의 책등. 창밖에 내리는 비 때문인지 그 풍경이 어쩐지 조금 쓸쓸해 보였다.

"답답한 책장 속에 책들을 가둬둔 것 같아서 가끔 미안할 때가 있어. 이렇게 책등이 늘어선 모습만으로는 다 전달되지 않겠지만, 여기 있는 책들은 모두 저마다의 개성이 있어. 아름다운 표지에 근사한 이름도 갖고 있고. 어느 것 하나 똑같은 책이 없어."

선생님은 한 책장 앞으로 다가가, 책등을 살포시 손끝으로 쓸었다. 그 손짓은 피아노 건반을 연주하는 것처럼 신비롭고 매력적으로 보였다. 마치 책이라는 악기의 음색을 확인하는 것처럼.

"내가 생각한 대로만 쓰여 있는 책은 세상 어디에도 없어. 나와 맞지 않는 책이라고 미리 단정 짓고 책장을 넘겨보지도 않는 건 너무 아깝지. 똑같은 색으로만 채워진 책장은 재미없잖아. 다채로운 색들이 어우러진 자기만의 책장은 분명 아오이의 마음을 훨씬 풍요롭게 만들어줄 거야."

시오리 선생님의 말을 들으며 정말 그럴지도 모르겠다는 생각이 들었다. 오래된 책장에 가득 꽂힌 수많은 책들. 펼쳐 보기 전까지는 속을 알 수 없는 그 보석함 같은 존재들이 꽤나 답답한 곳에 갇혀 있었다. 책등의 색이 하나하나 다르고 저마다 근사한 이름이 붙어 있다 해도, 꺼내 보지 않고 이대로 둔다면 책들의 진짜 모습을 제대로 알 수 없다.

그건 어쩐지 우리와 비슷하다는 생각이 들었다. 그러자 그 생각은 마치 전류처럼 내 머릿속을 파고들며 온몸을 전율하게 만들었다. 답답한 교실 안에 갇혀서, 어떤 이름이 붙여지고 어떤 표지로 꾸며져 있는지 열어보지 않으면 결코 알 수 없는 이야기들.

그대로 두면 어떤 책인지 알 수 없기 때문에 시오리 선생님은 책장에서 책을 꺼내 표지가 보이도록 진열해 놓는 것일지도 모른다. 지금도 선생님은 손끝으로 책등을 쓸어내리다 한 권씩 꺼내서 표지를 확인하고 속을 펼쳐보며 애정 어린 시선으로 그 페이지를 보고 있다.

책장에 꽂혀 있는 책이 누군가에게 읽히기를 기다리는 것이라면, 나 역시 누군가가 읽어주기를 바라는 걸까. 미사키도 누군가가 자기 이야기를 읽어줬으면 좋겠다고 생각한 적이 있었을까.

시오리 선생님은 잠깐 자리 좀 비울 테니 부탁한다고 하고는 도서실을 나갔다. 나는 여느 때처럼 접수대 안쪽에 홀로 남겨졌다. 부슬부슬 내리는 빗소리만이 감도는 적막한 도서실에서 나는 천천히 일어섰다. 이야기를 읽고 싶은 기분이 강렬하게 들었다. 책을 품에 안고 그 촉감과 냄새를 온전히 느끼고 싶었다. 키 큰 책장 앞으로 걸어가 높게 꽂혀 있는 책들을 올려다보았다.

나도 저 책처럼 어쩌면 누군가에게 읽히고 싶었던 건 아닐까? 아주 잠깐이라도 좋으니 그 사람이 내 등을 쓰다듬고 답답한 책장에서 꺼내줬으면 좋겠다. 나를 감싼 표지를 살펴봤으면, 나라는 이야기를 좋아했으면 좋겠다.

느릿느릿한 걸음으로 도서실을 걸었다. 바로 맞은편 테이블까지의 거리가 유달리 멀게 느껴졌다. 나는 거기에서 책장을 넘기고 있는 여자아이의 등을 바라보았다. 그런데, 하는 생각에 발걸음이 멈췄다.

우리는 너무 다르잖아. 내가 너를 어려워하는 것처럼 너도 나를 어렵게 느끼고 있을지 몰라서. 그렇지만 한 가지는 분명히 알고 있었어. 내가 애써 모르는 척했지만 나를 '아싸'라고 놀리며 웃는 아이들을 보고 너는 난처한 표정을 짓고 있었지. 그런 의도로 한 말이 아니라고, 당황한 그 눈빛이 말하고 있었어. 하지만 나는 너희를 도저히 용서할 수 없어서 모두 한데 묶어 같은 책장에 밀어넣었던 거야.

걸음이 멈췄다. 숨이 막혔다. 땀이 비 오듯 흐르고 당장이라도 되돌아가고 싶었다. 하지만 지금은 시오리 선생님이 한 말의 의미를 조금은 알 것 같았다. 우리를 행복하게 하는 건 우리 스스로에게 달려 있었다. 이야기의 결말은 스스로 정해야 한다. 나는 이 마음속의 책장에 멋진 책들을 많이 담아두고 싶다. 내가 좋아하는 책을 좋아해주는 사람과 이야기해 보고 싶다.

나는 그 등을 향해 천천히 손을 뻗었다. 그리고 마침내 책장에서 책 한 권을 조심스럽게 꺼냈다.

2.

물든 책갈피 너머에는

— 마시오린나 이야기

당신의 장래희망을 쓰세요.

이 무미건조한 문장을 앞에 두고, 나는 한참 동안 생각에 잠겨 있었다. 장래, 미래, 꿈, 하고 싶은 일……. 그런 단어들로부터 연상되는 말을 떠올리려는 순간, 갑자기 눈앞이 하얗게 텅 빈 공간에 내던져진 듯한 기분이 들었다.

바로 옆자리에서는 남자애들이 떠들고 있었다. 무라이가 게임 크리에이터가 되겠다고 쓴 모양이다. 이달 초에 꽤 유명한 게임 회사 두 곳이 합병했다는 소식을 뉴스에서 본 적이 있다. 최강의 게임 회사들이 손을 잡았으니 앞으로 최강의 게임이 나올 거라고, 남자애들이 눈을 반짝이며 말하던 그 회사다. 무라이는 거기서 일하는 게 꿈인 것 같다.

앞쪽에서는 아리카와를 중심으로 여자애들이 모여 있었다. 모두 진로희망 조사서에 뭘 썼는지에 대한 얘기뿐이었다. 아리카와가 모델이 되고 싶다고 썼는지, 1학년 때부터 그 애를 따르던 여자애들이 "리사는 무조건 될 수 있어!"라며 호들갑을 떨었다. 하지만 아리카와는, "일이 그렇게 쉽게 풀릴 리 없으니 일단 공부를 열심히 해서 대학에 들어갈 거야. 나중에 패션 관련 회사에서 일할 수 있다면 그걸로 충분해"라며 현실적인 이야기를 하고 있었다.

그런데 정작 나는 점심시간이 될 때까지도 책상 위에 놓인 프린트를 멍하니 바라보고만 있었다. 정말 아무것도 떠오르지 않았다. 어째서 다들 저렇게 쉽게 미래의 일을 예견할 수 있는 거지? 자신이 어른이 될 거라고, 아무 의심 없이 믿고 있는 모두가 부럽기까지 했다.

나는 불량품인 걸지도 모른다. 다들 미래에 대해 즐겁게 이야기하는 그 소리가 내 가슴을 조여오고 눈앞을 아득하게 만드는 것만 봐도 알 수 있다. 마치 서로 다른 공기를 마시고 있는 것 같다. 어쩌면 나 혼자만 햇빛을 두려워하는 뱀파이어처럼 이 세상에 태어났는지도.

스즈키 선생님은 가족과 잘 상의해서 이달 안에 제출하라고 했다. 나는 스즈키 선생님의 날카로운 눈빛과 또렷한 목소리가 부담스러웠다. 둘 다 너무 강렬해서 무겁게 느껴졌기 때문이다. 조회 시간에도 마이크가 필요 없을 정도로 목소리에 힘이 있다. 일부 아이들은 그런 선생님을 '하무코 선생님'이라고 불렀는데, 그 이유는 알 수 없었다. 약간 통통한 편이긴 하지만, 그렇다고 햄(하무는 일본어로 햄이라는 뜻_역주) 같아 보일 정도는 아니었기 때문이다.

용지를 접어 주머니에 넣었다. 그 종이에 뭘 썼는지 나에게 물어보는 아이는 아무도 없었다. 누가 내 미래에 관심이 있을까. 나도 마찬가지였다. 남들의 미래가 나하고 무슨 상관인가. 내 미래조차도 상관이 없는데.

가방을 들고 희망으로 가득 찬 교실을 빠져나왔다. 남자애들이 시끄럽게 뛰어다니는 복도를 묵묵히 걸어 계단을 내려왔다. 계단에서 이어지는 복도를 따라가다 보면, 아이들의 떠드는 소리는 멀어지고 빛도 소리도 닿지 않는 곳에 도달하게 된다. 그곳은 학교 건물 뒤편, 전등조차 켜져 있지 않은 어두운 복도 끝에 있는 나만의 은신처다.

기울어진 표지판에는 희미하게 바랜 글씨가 적혀 있다.

도서실.

전등이 고장 난 실내는 어둑했다. 문을 여는 순간 먼지와 곰팡이 냄새가 코를 찔러왔다. 가지런히 늘어선 책장은 조용히 자리를 지키고 있고, 옆으로 드리워진 그림자에는 정체불명의 괴물이라도 숨어 있을 것 같았다. 책장이 부족한지 테이블과 바닥 위에 수북이 쌓인 책들은, 마치 판타지 만화에 나오는 무너진 탑들이 늘어선 것 같았다. 그래서 묘지 같기도 했다. 햇빛을 두려워하는 뱀파이어가 살고 있을 것만 같은.

그렇다. 이곳은 왠지 죽어 있는 느낌이 든다.

문을 잠그고 여는 일은 마스다 선생님이 맡는 것 같은데, 가끔은 계속 잠겨 있을 때도 있다. 전등은 고장 나서 자주 깜박거리고, 있는 책들은 죄다 낡고 따분한 것들뿐이라 이용하는 사람도 거의 없다.

그런데도 내가 여기 오는 건 도서부원이기도 하지만, 무엇보다 나만의 비밀 공간이기 때문이다. 사실 도서부원이라고 특별히 하는 일은 없다. 관리하는 마스다 선생님도 영 의욕이 없는 편이다. 학교 바로 근처에 크고 깨끗한 시립도서관이 있어서 다들 이 낡은 도서실에는 관심도 없고, 오지도 않는다.

안으로 들어가 닫혀 있는 커튼을 열어 약간의 빛이 들어오게 했다. 그러고는 중앙의 커다란 테이블에 앉아 가방에서 점심을 꺼냈다. 내 점심은 다른 애들처럼 엄마가 싸준 도시락이 아니라 등굣길에 편의점에서 산 샌드위치다. 원래 도서실에서는 밥을 먹으면 안 되지만 뭐라 할 사람도 없다. 엄격한 스즈키 선생님의 목소리와 눈빛도 이곳에는 닿지 않는다.

쉬는 시간이나 점심시간, 그리고 방과 후에도 부담스러울 정도로 밝은 분위기의 교실을 벗어나 이곳에 오면 나는 숨을 쉴 수 있다. 나에게 이 공간은 유일한 안식처다. 여기에서는 나를 이상한 눈초리로 보는 사람도 없고, 무리에 끼지 못해 소외당할 일도, 도시락이 아니라는 이유로 수군거리는 소리를 들을 일도, 맨날 땡땡이만 친다며 비아냥대는 말을 들을 일도 없다.

어느새 손에 들고 있던 참치 샌드위치가 뱃속으로 사라져 버렸다. 매일 똑같은 걸 먹어서인지 요즘은 맛이 있는지 없는지 느낄 새도 없이 금방 다 먹어치운다. 하지만 달걀 샌드위치는 싫고, 햄 샌드위치는 맛이 없다. 게다가 햄은 하무코 선생님이 연상돼서 식욕이 사라진다. 주먹밥은 잘 안 넘어갈 때가 있어서 결국엔 참치 샌드위치를 먹게 된다.

다 먹고 난 쓰레기는 비닐봉지에 넣어서 묶고, 가방에서 만화를 꺼냈다. 이미 몇 번이나 읽었지만, 다른 책을 사기엔 용돈이 부족하고 점심시간이 끝날 때까지는 시간이 남으니 심심해서 읽는다. 늘 그래왔다. 늘 이곳으로 피신해서 점심을 먹고 만화를 읽으며 시간을 보내고 잠깐의 휴식을 만끽한다. 어쩔 수 없다. 2학년이 되었어도 여전히 나는 불량품이다. 이제 와서 다른 아이들처럼 굴 수는 없다.

익숙한 책장을 넘기며 나만의 시간을 보내던 그때, 무슨 소리가 났다. 묵직한 것이 무너지는 듯한 소리였다. 접수대에 쌓여 있던 책들이 무너졌나 싶어 놀란 가슴을 진정시키며 시선을 돌렸다. 하지만 달라진 것은 없었다. 잘못 들었나, 다시 만화책을 보려는데, 그 순간 등줄기가 서늘해졌다. 사람이 신음하는 듯한 소리가 들려왔기 때문이다. 하기야 여기에서 귀신이 나온다고 해도 이상할 건 없었다.

하지만 지금까지 몇 달 동안 이곳은 아주 평온했다. 그냥 좀 음침하고 어두컴컴하고 곰팡이 냄새가 나는 것만 빼면 말이다.

그런데, 왜?

나도 모르게 엉거주춤 일어섰다. 심장이 두근두근 뛰었다. 신음 소리가 들리는 쪽을 쳐다봤다. 역시, 조금 전 소리가 난 그 방향이었다. 접수대 너머. '사서실'이라고 적힌 문에는 분명 자물쇠가 채워져 있었고, 아무도 들어갈 수 없는 곳이었다. 하지만 신음 소리는 그 안에서 들려오고 있었다. 그리고 갑자기 벌컥 문이 열렸다.

"으……, 아야."

모습을 드러낸 건 어떤 여자였다. 얼굴을 찡그리며 허리를 부여잡고 천천히 문밖으로 걸어 나왔다.

"어?" 그러다가 나를 보고는 놀란 표정으로 커다란 눈을 깜빡이며 물었다.

"학생, 여기서 뭐해?"

갑작스러운 질문에 나는 당황한 나머지 멍청하게 입을 벌린 채 여자를 바라봤다. 적어도 유령은 아닌 것 같았다.

처음 보는 여자였다. 나이는 꽤 젊어 보였다. 20대 중반에서 30대 초반쯤? 하얀 블라우스에 수수하게 긴 치마를 입고, 흰 스크런치(겉을 천으로 감싼 머리끈_역주)로 머리를 묶고 있었다.

우리 학교에 이런 선생님은 없는데.

오히려 내가 묻고 싶었다. 당신이야말로 이런 곳에서 뭐하는 거냐고. 그런데 내가 입을 열기도 전에 그 여자가 먼저 말했다.

"혹시 도서부원? 이 학교에도 도서부원이 있었구나. 다행이다. 혼자 정리하기 힘들었는데."

무슨 소리를 하는 거야. 뭔가 혼자서 상황을 납득한 듯한 여자에게, 나는 마음을 가다듬고 간신히 입을 열었다.

"저……, 누구……세요?"

어쩐지 질문이 좀 한심하게 느껴졌다.

"아, 미안해. 나도 참."

여자는 눈을 깜빡이며 미소를 지었다.

"난 츠카모토라고 해."

그러고는 허리에 손을 얹고 가슴을 쭉 폈다. 에헴, 하는 소리가 당장이라도 들릴 듯한 포즈를 한 채 이어서 말했다.

"이 학교에 새로 온 사서야."

나는 어리둥절한 표정으로 그녀를 바라보았다.

"학생은 도서부원?"

"네. 2학년 마시오입니다. 마시오 린나."

"마시오, 잘 부탁해."

"저기, 선생님은……."

나는 거기서 말을 멈췄다. 그녀는 응? 하는 표정으로 다음 말이 이어지기를 기다렸다.

"어, 그러니까……. 선생님은 왜 이곳에……."

"아, 올해부터 이 도서실을 맡게 됐어. 그런데 봐. 완전히 방치된 상태잖아. 전등도 고장 났고, 이러면 여기 있는 책들이 너무 불쌍하지 않아? 학생들도 책과 만날 기회를 얻기 어렵고. 그건 너무 안타까운 일이지."

그래서 선생님은 오늘 아침부터 책장 정리를 하고 있다고 했다. 사서실을 정리하던 중 쌓아두었던 박스가 무너져 하마터면 그 밑에 깔릴 뻔했다고 웃으며 말했다. 아까 들렸던 신음 소리는 그 때문이었던 것 같다.

"그럼…… 혹시 앞으로 매일 여기 오시는 거예요?"

"그렇지." 선생님은 고개를 끄덕였다.

"우선 대청소부터 하고, 책장 정리가 끝나면 학생들이 읽을 만한 새 책들을 잔뜩 들여놓을 거야."

그건 좀 곤란한데.

그런 내 마음이 표정에 드러났던 걸까. 선생님은 이상하다는 듯 나를 바라보았다.

"마시오도 도와줄래?"

나는 선생님의 시선을 피하며 퉁명스럽게 대꾸했다.

"근데, 갑자기 왜요? 그동안 사서 선생님이 없어도 아무도 불편해하지 않았는데."

"학교 도서실에는 책을 제대로 관리하는 사람이 꼭 있어야 한다는 규칙이 있어. 올해부터는 그걸 꼭 지켜야 하고."

그래서 오게 된 사람이 바로 나야, 하고 선생님은 다시 한번 가슴을 쭉 펴고 말했다.

어떡하지.

학교가 그렇게 결정했다면 일개 학생인 내가 거스를 수는 없다. 그 말인즉, 앞으로 매일 이 선생님이 도서실에 출입한다는 뜻이다. 만약 죽었던 이 장소가 다시 살아나 이용자가 늘어나기라도 한다면.

"그렇지. 마시오가 나를 좀 도와줬으면 하는 게 있는데."

나는 테이블 위에 놓인 가방을 집어 들고 선생님의 말을 자르며 말했다.

"죄송합니다. 전 가야 해요. 친구랑 약속이 있어서."

물론 거짓말이었다. 나는 가방에 만화책을 집어넣고 도망치듯 도서실을 뛰쳐나왔다.

내일부터는 어디서 점심을 먹지?

*

다음 날 점심시간에는 교실에서 샌드위치를 먹었다.

그러나 딱 하루였다. 반 아이들이 이상한 눈길로 나를 쳐다보는 것 같아서 도저히 견딜 수 없었다. 교실의 다른 아이들과 잠깐이라도 눈이 마주치면 수많은 생각이 머릿속을 스쳤다. 저 애들은 나를 보며 무슨 생각을 할까. 어쩌면 이런

생각을 하겠지. '쟤는 왜 항상 혼자 있지?', '1학년 때 괜히 아
픈 척하고 자주 결석했다던데, 진짜야?', '점심시간에 혼자
있다니, 친구도 없나 봐?

즐겁게 깔깔거리던 웃음소리는 어느새 내 상상 속에서 나
를 동정하고 비웃는 소리로 바뀌어 있었다.

나는 끝없이 햇볕에 타들어 가는 뱀파이어 같은 존재라고
생각했다. 아무에게도 내 모습을 보이고 싶지 않았다. 그저
숨 죽이고 조용히 살고 싶었다.

다음 날은 점심시간이 되자마자 교실을 빠져나왔다. 복도
를 빠른 걸음으로 지나서 나만의 안식처로 향했다. 건물 끝
자락의 어두컴컴한 복도의 안쪽. 희미하게 바랜 글자는 그
대로였지만, 도서실이라고 쓰인 표지판은 더 이상 기울어
있지 않았다.

잠깐 망설이다가 문을 열었다. 전등이 환하게 켜져 있어
마치 딴 세상처럼 눈부시게 밝은 빛 때문에 눈앞이 아찔해
졌다.

"어머, 마시오!"

서가로 책을 옮기는 중이었는지 츠카모토 선생님이 두툼
한 책을 품에 안은 채 웃었다.

"안녕하세요."

나는 들릴 듯 말 듯한 목소리로 인사를 했다.

"도와주러 온 거야? 아니면, 빌리고 싶은 책이 있어서?"

"아, 그게……."

나는 말끝을 흐리며 도서실을 둘러보았다. 여전히 책더미가 여기저기 쌓여 있고 곳곳에는 먼지가 가득했다. 그런데도 여긴 더 이상 내가 알던 그곳이 아니라는 생각이 들었다.

선생님은 머뭇거리는 나를 보며 고개를 갸웃거렸다. 왠지 그 표정이 순수해 보였다. 어쩌면 선생님은 내가 책임감이 강한 도서부원이라고 생각하는 것일지도 모른다.

어떡하지. 이대로 발길을 돌려 교실로 돌아가 봤자 숨 막히는 시간만 보낼 것이다. 귀찮기도 하고 썩 내키지는 않지만, 괜히 신경을 곤두세우며 교실에서 버티는 것보다 차라리 선생님의 일을 돕는 게 마음은 편할지 모른다.

"그…… 잠깐씩은 도와드릴 수 있어요."

내 말에 선생님의 표정이 확 밝아졌다.

"와, 정말? 고마워!"

마치 황량한 묘지 한가운데 피어난 예쁜 꽃처럼 선생님의 얼굴에 환한 미소가 피어올랐다.

*

그날부터 나는 조금씩 츠카모토 선생님의 일을 도와주기 시작했다. 책장에 다 꽂지 못한 책들을 정리해 선생님이 알려준 자리에 다시 꽂아 넣거나 먼지 쌓인 바닥을 쓸었다. 솔직히 소중한 점심시간과 방과 후 해방 시간을 이렇게 보내는 것이 아깝게 느껴지기도 했다.

그러나 아무리 내가 불만스럽고 못마땅한 표정을 지어도 츠카모토 선생님에게는 통하지 않았다. 선생님이 "고마워." 하고 웃으면 싱겁게 마음이 풀려버렸다. 선생님은 어른이면서도 어린아이 같은 얼굴을 하고 있었다. 사실 딱히 할 일도 없어 도와주기는 하지만, 원래 힘쓰는 일은 서툰 편이라 매일은 아무래도 힘들 것 같다.

도서실의 책들이 정리되고 쌓인 먼지가 걷히면서 빛이 들어오는 공간도 넓어졌다. 그럴수록 따가운 햇볕에 피부가 타들어가는 듯한 느낌이 더 크게 들었다.

그날은 사서실 안에 묵혀 있던 책들을 도서실 책장으로 옮기는 일을 하고 있었다. 츠카모토 선생님 말로는 이렇게 허름한 도서실이라도 도서 구입 예산은 따로 책정되어 있어서 마스다 선생님이 꾸준히 책을 구입해왔다고 했다. 그런데 그 책들을 제대로 배치하지 않고 사서실에 쌓아둔 채 내버려두어 관리 상태가 엉망이었다.

책을 옮기면서 새삼 책이 생각보다 무겁다는 걸 느꼈다. 특히 하드커버 책이나 도감류는 나같이 힘 없는 사람은 안고 옮기는 것만으로도 진이 다 빠졌다.

귀찮아서 한꺼번에 옮기려고 과하게 욕심을 부리다가 균형을 잃고 바닥에 쌓인 채 방치되어 있던 낡은 책더미에 발이 걸려 넘어졌다. 비명을 지를 새도 없이 요란하게 넘어지면서 책을 죄다 엎어버렸다.

"어머나! 괜찮니?"

츠카모토 선생님이 놀라서 달려왔다.

"괘, 괜찮아요."

엉덩방아를 찧었지만, 넘어지면서 본능적으로 책을 내던져 크게 다치진 않았다. 물론 엉덩이가 조금 아프긴 했지만.

"죄송해요, 다 흐트러뜨려서."

"다치지 않았으면 됐어."

선생님은 안심한 듯 미소를 지었다.

우리는 내동댕이쳐진 책들을 주워 담기 시작했다.

"어?"

책을 줍다가 바닥에 뭔가가 떨어져 있는 것을 보고 나도 모르게 이상한 소리를 내뱉었다.

"왜 그래?"

손놀림을 멈추고 선생님이 물었다.

"이게 뭘까요?"

내가 집어든 건 한 장의 낡은 편지였다. 오래되었는지 살짝 누렇게 변색되어 있었다.

"편지? 책에 끼워져 있던 건가?"

선생님은 테이블 위에 쌓아둔 책으로 시선을 돌렸다. 내가 넘어지면서 쓰러뜨린 책 중에는 책장에 다 들어가지 못해 대충 쌓여 있던 오래된 책들도 섞여 있었다. 아마 그중 한 권에 끼워져 있던 것일지 모른다. 나는 손에 든 편지를 펼쳤다. 예쁜 글씨체가 눈에 들어왔다.

미래의 나는 꿈을 이루었나요?

그렇게 시작하는 편지글은 길지 않았지만, 꿈과 희망이 가득 담겨 있었다. 편지의 주인은 배우를 꿈꾸며, 그 꿈을 향해 노력하겠다는 다짐을 적었다. 왜 배우를 꿈꾸게 되었는지, 어떤 배우가 되고 싶은지에 대한 내용도 함께였다. 편지는 '미래의 나는 그 꿈을 이루었을까요?'라는 질문으로 끝맺고 있었다. 끝에는 편지를 쓴 이의 이름이 적혀 있었다. 2학년 B반 가토 기미코. 날짜도 있었는데, 놀랍게도 거의 20년 전이었다.

"미래로 보내는 편지네."

츠카모토 선생님이 어깨너머로 편지를 들여다보며 말했다.

"미래로 보내는 편지요?"

"타임캡슐 말이야. 혹시 그런 수업이 있었던 게 아닐까? 미래의 자신에게 편지를 쓰면서 장래에 어떤 사람이 되고 싶은지 이미지를 그려보는 거."

"그런데 왜 편지가 책 속에 끼워져 있던 걸까요?"

"글쎄, 언젠가 가지러 올 생각이었거나 깜빡하고 책에 끼워둔 채 잊어버렸거나……. 봉투에 넣지 않은 걸 봐서 그럴 가능성이 높은 것 같은데."

"미래로 보내는 편지라……."

당신의 장래희망을 쓰세요.

진로희망 조사서에 무미건조하게 적힌 그 문장이 손에 든 편지 위에 겹쳐지듯 떠올랐다.

어째서 다들 그렇게 미래에 대해 희망을 갖는 걸까. 어릴 때 품은 꿈 같은 게 이루어질 리가 없잖아. 미래는커녕 나는 내가 어른이 된다는 이미지조차 떠오르지 않는데, 이런 나에게 대체 어떤 미래가 기다리고 있겠는가?

편지는 너무 낡아서 손끝에 조금만 힘을 주어도 구겨져버릴 것 같았다.

"일부러 여기에 숨겨둔 거라면 절대로 이 꿈은 이루어지지 않았겠네요."

"어머, 왜 그렇게 생각해?"

"꿈을 이루지 못했으니까 부끄러워서 찾으러 오지 않은 거겠죠."

"그럴까?"

내 말에 선생님은 어딘가 아쉬운 기색으로 천장을 올려다보았다.

"배우라니, 될 리가 없잖아요."

"마시오도 참, 그건 알 수 없지."

"분명 그럴 거예요."

선생님은 진지한 표정으로 쓰읍 숨을 들이마셨다.

"그렇지는 않을 것 같은데……."

어쨌든 꿈이 이루어졌는지 아닌지는 확인할 길이 없었다. 혹시 모르니 편지는 츠카모토 선생님이 보관해두겠다고 했다.

나는 바닥에 떨어진 마지막 책을 주워들고 일어섰다.

"오늘은 이만 돌아갈게요."

편지 주인은 미래의 자신이 어떤 사람이 됐는지를 묻고 있었다. 꿈을 이루었느냐고. 만약 내가 미래로 보내는 편지를 쓴다면, 나는 물을 필요도 없을 것 같다는 생각이 들었다. 꿈 같은 거 품어봤자 어차피 이루어질 리가 없으니까. 애초에 내가 제대로 어른이 될 수 있을지도 의문이다. 학교를 며칠이나 빠졌고, 새 학년이 되었는데도 뭐 하나 잘되는 게 없다. 분명 이대로 가면 출석일수가 부족해 변변찮은 고등학교에나 간신히 들어가고, 모두에게 무시당하고, 유급이나 반복하고, 대학도 못 가고, 직장도 못 구해 애를 먹다가 결국은 은둔형 외톨이가 되겠지. 그래서 어쩌면, 어쩌면 나는 미래에는 살아 있지 않을 수도 있다는 생각이 들었다.

*

"맞다. 린나, 점심은? 주로 어디서 먹어?"

그로부터 며칠 후, 책을 옮기다가 잠시 쉬고 있을 때였다. 마침 점심시간이 거의 끝날 무렵이었는데 선생님이 갑자기 물었다. 선생님은 언제부턴가 나를 린나라고 불렀다.

“음, 오기 전에 먹어요.”

나는 그렇게 대답했다.

왜 그런 거짓말을 했을까. 교실에서 마음 편히 밥 먹을 곳조차 없는 불쌍한 아이로 보이기 싫었던 것일까.

선생님의 일을 도와주게 된 뒤로는, 점심시간이 거의 끝나갈 때쯤 아무도 없는 교실에서 조용히 샌드위치를 씹어 넘기곤 했다.

“정말? 그럴 시간이 있어?”

“빵이라서 금방 먹어요.”

괜히 민망해서 눈길을 피했는데, 눈치 없이 배에서 꼬르륵 소리가 크게 울렸다. 마치 진실을 고발이라도 하려는 것처럼.

순간 얼굴이 화끈 달아올랐다. 나는 당황해서 선생님을 올려다보았다.

“그게, 오늘은 아직……..”

“그럼 오늘은 선생님이랑 같이 먹을까?”

선생님은 명랑하게 웃으면서 물었다.

“여기서 먹으면 안 되잖아요.”

“여기는 안 되지만 저쪽이라면 괜찮아. 자, 따라와.”

선생님은 그렇게 말하며 접수대 안쪽의 사서실로 향했다.

녹슨 경첩이 삐걱거리는 문 너머에는 뜻밖에도 다다미가 깔려 있었다. 안쪽에는 책이 가득 꽂힌 수납장이 있었고, 그 앞쪽 절반 이상은 뭐가 들었는지 알 수 없는 골판지 상자들이 막고 있었다. 중앙에는 좌식 테이블이 놓여 있었으며, 그 위에는 묵직한 컴퓨터가 자리하고 있었다.

"실내화 벗고 들어와."

선생님의 집에 초대받은 것도 아닌데 괜히 긴장되었다. 여기가 선생님의 방이라면 너무 좁고 답답한 느낌이 들 것 같았다. 다다미 위에 올라서자, 특유의 냄새가 코끝을 간질였다. 하지만 그 속에는 아주 은은한 방향제 같은 기분 좋은 향도 감돌았다.

선생님은 낡은 방석을 깔아주고는 바로 옆에 나란히 앉아 탁자 위의 키보드를 옆으로 치웠다. 그러고는 도시락을 꺼냈다. 나는 쭈뼛거리며 편의점에서 산 샌드위치를 올려놓았다. 탐내는 눈빛을 보일 생각은 없었는데. 선생님이 부드럽게 웃으며 말했다.

"린나도 먹을래?"

"아뇨, 괜찮아요."

나는 샌드위치 포장지를 뜯었다.

"사양할 거 없어. 평소에 많이 도와주잖아."

"정말 괜찮아요. 다이어트 중이라서."

"흐음."

선생님이 미심쩍다는 듯이 나를 바라보았다. 그 시선을 피하듯 나는 서둘러 샌드위치를 크게 한입 베어 물었다. 선생님의 도시락은 아주 작았지만, 음식이 꽤 맛있어 보였다. 반찬들은 하나같이 정갈하고 크기가 작았는데, 흰 쌀밥 한가운데 올린 매실장아찌만 유독 커서 균형이 맞지 않았다. 선생님은 도시락을 맛있게 먹으며 이런저런 이야기를 들려주었다.

선생님은 이 학교로 오기 전에 다른 중학교에서도 근무했는데, 도서실 관리뿐만 아니라 학급 담임도 맡았다고 했다. 이래 봬도 국어 교사 자격증이 있다며 자랑스럽게 말했다. 올해는 사서 업무에 집중하기 위해 수업은 맡지 않았다고 덧붙였다. 그리고는 묻지도 않았는데 좋아하는 소설과 작가에 대해 이야기했다. 유명한 옛 문호들의 이름과 현대에 활약 중인 작가들의 이름을 열거했지만, 나는 그런 쪽에는 문외한인 데다 관심도 없었다. 남은 샌드위치를 삼킴과 동시에 그 내용들은 머릿속에서 사라져버렸다.

"뭐야, 린나는 소설 안 좋아해?"

"별로 관심 없는데요."

“도서부원인데?”

선생님은 눈을 동그랗게 뜨고 말했다.

“그건 제비뽑기로 된 거라서요.”

1학년 때는 정말 제비뽑기로 도서부원이 되었고, 2학년이 되고는 얼떨결에 떠맡게 되었다. 덕분에 도서부원이라는 명목으로 이곳에 드나들 수 있었지만, 츠카모토 선생님의 등장으로 그것마저 위태로워졌다.

나는 언제까지 이곳에 다닐 수 있을까. 그리고 언제까지 살아 있을 수 있을까.

“책 읽기를 좋아하지 않는데 왜 여기 오는 거야?”

“조용해서요.”

정곡을 찔린 나는 고개를 숙이며 말했다.

“만화책 읽기에 딱 좋거든요. 선생님들한테 들켜서 혼날 일도 없고.”

이렇게 뱉고는 아차 싶었다. 사서 선생님도 선생님인데. 다른 선생님들처럼 학교에 만화를 가져오다니 말도 안 된다며 무섭게 다가와 모두가 보는 앞에서 그것을 뺏어가려 할지도 모른다.

“어머, 무슨 만화야? 나도 알려줘.”

츠카모토 선생님은 화내지 않았다. 오히려 눈빛을 반짝

이며 나를 바라보았다. 내가 당황해서 머뭇거리자 선생님이 먼저 자기 얘기를 꺼냈다. 어릴 때 무슨 만화를 읽었고, 요즘은 '소년점프(슈에이샤에서 발행하는 주간 소년만화 잡지_역주)'에서 어떤 연재를 기다리는지 등에 대해서였다.

그런 이야기를 들으며 나는 겨우 목소리를 낼 수 있었다.

"어, 선생님도 만화책을 읽으시네요."

"그럼." 선생님은 당연하다는 듯한 표정을 지었다.

"이야기라면 가리지 않고 읽지."

어른이 만화책을 읽는다니 뜻밖이었다.

선생님은 도시락을 정리하면서 말했다.

"린나는 만화책을 읽으려고 여기에 왔던 거야?"

"네, 뭐……."

"그럼 지금까지 느긋하게 읽을 수 있었는데 갑자기 내가 일을 시켜서 방해된다고 생각했겠네?"

"음, 뭐, 그……." 나는 말을 얼버무리며 고개를 끄덕였다.

"그렇구나. 아, 그러네. 교칙상 만화책은 금지니까. 하지만 도서실에서 읽는 거라면 나는 상관없어. 다른 선생님들한테는 비밀로 하고."

"그래도 돼요?"

"그 대신 도서부원으로서 열심히 일을 도와줄 것!"

츠카모토 선생님은 손가락을 세우며 말했다.

나는 잠시 망설였다. 앞으로도 매일 무거운 책을 나르고 청소를 해야 한다니, 솔직히 내키지 않았다.

그러나 선생님은 내 대답은 기다리지도 않고, 내가 무슨 만화를 읽고 있는지 물었다. 나는 가방을 열어 만화책을 꺼냈다. 줄거리를 간단히 설명하자 선생님은 꽤 흥미를 보였다.

"우와, 선생님도 읽어보고 싶다."

아이 같은 표정으로 들떠 있는 선생님 모습에 순간적으로 판단이 흐려졌을까. 나는 이렇게 말했다.

"저는 이미 여러 번 읽은 거라 빌려드릴 수 있어요."

"어머, 정말? 아싸!"

선생님은 아이처럼 환호성을 지르며 좋아했다.

"린나는? 소설 읽어보지 않을래? 보답으로 나도 추천하고 싶은 책이 있는데."

"소설이요?"

"한번 읽어 봐. 도서부원이라면 문학 작품도 좀 읽어야지."

"뭐, 그것도 괜찮겠네요……."

뭐라는 거야, 지금. 나 제정신 맞아?

*

그날부터 츠카모토 선생님과 나의 기묘한 독서 교류가 시작되었다. 내가 선생님에게 추천하는 만화를 빌려주면, 선생님은 내가 읽을 소설을 골라주었다. 내가 그 책을 읽는 동안, 선생님은 내가 소개한 만화책을 읽었다.

선생님이 알려준 소설은 하나같이 쉽고 재미있었다. 신선한 경험이었다. 도서실에서 일을 도우면서, 혹은 선생님과 함께 점심을 먹으며 감상을 주고받는 것도 나쁘지 않았다. 만화책이 아니었기에 교실에서 읽어도 스즈키 선생님에게 혼날 일도 없었다. 츠카모토 선생님에게 어떤 만화를 소개할지 생각하는 것도 재밌었고, 이번에는 선생님이 어떤 소설을 추천할까 하는 기대감으로 도서실에 가는 것이 점점 기다려졌다. 물론 가끔은 나와 맞지 않는 소설을 골라줄 때도 있었다.

"음, 그 책은 별로 마음에 안 들었어요."

그날도 골판지 상자에 폐기할 책들을 담으면서 선생님이 빌려준 책 이야기를 나누고 있었다. 도서실의 서가 공간은 한정되어 있어 새로운 책을 들여오려면 어쩔 수 없이 폐기해야 하는 책이 생겨났다. 낡고, 햇빛에 바래고, 곰팡이 냄새가 나는 책들을 하나하나 상자에 넣었다.

"어떤 점이?"

선생님은 오래된 책장 앞에 서서 더 이상 필요 없는 책들을 골라내고 있었다. 한 손에는 클립보드를 들고 뭔가를 적거나 책 제목을 대조했다. 폐기할 책은 기준이 있고, 교장 선생님의 허가를 받아야 했다.

나는 어제 다 읽은 단편집을 떠올리며 말했다.

"뭐랄까, 거기 수록된 단편들은 대부분 결말이 애매하게 마무리된 느낌이었어요."

선생님은 손을 멈추고 나를 바라보았다.

"모든 이야기에서 희망적인 메시지 같은 건 어렴풋이 느껴지지긴 했지만, 확실한 결말이 하나도 없더라고요. 그래서 '어떻게 된다는 거지?' 싶었어요. 한 걸음 나아간다는 느낌으로 끝나긴 하지만, 과연 그게 진짜 잘될까 싶고요. 예를 들어 첫 번째 단편에서, 여기서 사랑이 이루어지고 연인이 되었다 하더라도 결국 언젠가는 헤어지지 않을까요? 중학생의 사랑이란 게 어차피 그런 거니까요."

"린나는."

선생님은 어딘가 쓸쓸한 표정으로 나를 바라보며 말했다.

"미래에 대해 비관적이구나." 그러고는 희미하게 웃었다.

선생님이 왜 그렇게 웃는지 이해가 안 갔다.

하지만 선생님 말씀이 맞다. 나는 미래에 대해 언제나 비관적이다. 불안한 마음만 가득할 뿐이다. 내가 어른이 될 수 있을 거라는 생각조차 들지 않는다. 절대로 인생을 잘 살아갈 수 없다는 것을 이미 알고 있기 때문이다. 그래서 그런 식으로 결말이 모호한 이야기를 볼 때마다 어차피 잘 안될 거야, 하고 삐딱하게 생각하게 된다.

"쓰여 있지 않은 부분은 린나가 자유롭게 정해도 돼. 그게 바로 이야기에 마음을 담는 거야."

"그렇다면 저는 역시 실패했네요."

나는 힘없이 중얼거리고, 골판지 상자에 천천히 책을 채워 넣었다. 햇빛에 바래고, 낡아버린 책들은 곰팡이 냄새가 심하게 났다. 책 가장자리는 다 닳았고, 얼룩이 군데군데 번져 있어 손대고 싶지 않았다. 마치 죽은 것처럼 느껴지는 책들. 문득 나 같다는 생각이 들었다. 이 책들처럼 나도 결국 모두에게 외면당하고 버려지겠지. 아무리 애써도 나는 그런 미래밖에 상상이 되지 않는다. 나에게는 정말 아무것도 없으니까.

"지난번 편지의 주인공도 꿈을 좇다가 실패했을 거예요. 분명히."

"아닐 수도 있잖아?"

선생님은 살짝 발끈한 투로 말했다. 그래서 나도 욱해서 되받아쳤다.

"아뇨, 틀림없어요."

"그럼, 한번 확인해 보는 건 어때?" 좋은 생각이 떠올랐다는 듯 환한 표정으로, 선생님은 뜬금없는 제안을 했다.

"확인이라니, 어떻게요?"

"그건 나도 잘 모르지만."

선생님은 미간을 살짝 찌푸렸다.

"그렇게까지 단정적으로 말할 거면, 그 말이 맞는지 린나가 직접 증명해 보이면 되잖아."

"증명이라니……."

왜 내가 그런 귀찮은 일을 해야 하지.

"아, 그럼 이렇게 하자."

좋은 생각이라도 떠올랐는지 선생님은 손뼉을 짝 치면서 말했다.

"나랑 내기하자. 편지의 주인공이 꿈을 이루지 못했으면 린나가 이기는 거고, 꿈을 이뤘다면 선생님이 이기는 거야."

왜 이야기가 이렇게 흘러가지? 어이없었지만, 일단은 물어보기로 했다.

"이기면 어떻게 되는데요? 상이라도 있어요?"

선생님은 어려운 문제를 생각하듯 미간을 좁혔다.

"린나가 이기면 선생님이 할 수 있는 범위 내에서 최대한 린나의 부탁을 들어줄게. 도서관 일을 안 도와줘도 만화책을 읽을 수 있게 해달라면, 그렇게 해줄게."

어차피 확인할 길이 없다고 생각해서 대충 둘러대고 있는 것 같다.

"반대로 선생님이 이기면, 린나는 도서부원으로서 더 열심히 일했으면 좋겠어. 도서부장을 맡는 건 어때? 이곳에서 이것저것 많이 배웠잖아. 앞으로 도서부원을 더 뽑을 생각인데, 린나가 그 아이들을 이끌어주고 일을 가르쳐주는 담당자가 되는 거지."

되는 거지, 하며 가슴을 펴는 선생님을 보면서 나는 잠시 멍해졌다. 선생님이 말한 앞으로의 일에 대해 생각했다. 그래, 당연한 일이었다. 언제까지나 이곳이 나만의 안식처일 수는 없다. 도서실이 다시 활기를 찾게 되면 도서부원이 늘어날 테고, 다른 학생들도 이용하게 될 것이다. 그때 나는 어떻게 해야 할까. 또 모두의 호기심과 동정 섞인 시선을 받으며 그 열기에 타버리게 될까? 선생님과 단둘이서 읽은 책에 대해 이야기할 수 있는 시간도 이제 얼마 남지 않았다.

"린나?"

"선생님, 정말로 뭐든 들어줄 거예요?"

다른 도서부원은 필요하지 않아요. 저 혼자서도 충분히 잘해낼 수 있으니까요. 부디 제 안식처를 빼앗지 말아 주세요. 부탁하면 들어주실 거죠?

"좋아."

나는 고개를 들고 선생님을 보면서 말했다.

"그럼, 확인해 볼게요."

*

단서가 전혀 없는 것은 아니다.

이름도 알고, 편지에는 날짜가 기록되어 있다. 졸업앨범 같은 것을 찾아보면 무언가 단서가 될 만한 게 더 나올지도 모른다. 졸업생 중에 여배우가 된 사람이 있다면, 오래전부터 재직하고 있는 선생님들은 알고 있을 수도 있다.

방과 후, 나는 핸드폰으로 인터넷 검색창에 그 이름을 입력해 보았다. 하지만 '가토 기미코'라는 이름으로 검색되는 페이지는 아무것도 없었다.

"이것 봐요, 제가 이겼어요." 하고 화면을 들어 보이자,

선생님은 부루퉁하게 말했다.

"예명으로 데뷔했을 수도 있잖아."

역시 선생님은 호락호락 넘어가지 않는다. 나는 핸드폰을 덮고 한숨을 쉬었다.

"그럼, 졸업앨범을 확인해 볼게요. 사진이 엄청 미인이라면 가능성이 있을 수도 있으니까."

하지만 20년 전의 졸업앨범이 남아 있으려나.

"그런 건 보관실에 있을지도 몰라. 교무실에 한번 가볼까?"

"교무실이요?"

교무실이라는 말에 나도 모르게 얼굴이 찡그려졌다.

"나도 같이 갈 테니 걱정 마. 나쁜 짓을 하는 것도 아니고."

나는 츠카모토 선생님에게 이끌려 교무실로 향했다. 잘못한 것도 없는데 교무실에 가까워질수록 이상하게 자꾸만 주눅이 들었다.

"안녕하세요."

기어들어가는 목소리로 인사하며 교무실로 들어갔다. 다른 선생님들과 눈을 마주치지 않으려고 츠카모토 선생님 뒤에 바짝 붙어서.

선생님이 향한 곳은 스즈키 선생님의 자리였다. 매서운 눈빛의 바로 그 하무코 선생님. 하필 이 선생님이라니. 나는 스즈키 선생님의 눈총을 피하려 발끝으로 시선을 떨구었다. 츠카모토 선생님이 스즈키 선생님에게 무엇인가를 설명했다.

"잘 부탁드립니다."

츠카모토 선생님이 고개를 숙이기에 나도 따라 꾸벅 인사를 했다. 보관실에 들어가려면 스즈키 선생님의 허락을 받아야 하는 것 같았다.

"좋습니다. 학교 역사에 관심을 보이시니 기쁘네요."

츠카모토 선생님이 뭐라고 설명했는지는 들리지 않았지만, 스즈키 선생님이 자리에서 일어났다.

"아, 츠카모토 선생님."

그때, 다른 선생님이 츠카모토 선생님을 불렀다.

"네, 무슨 일이세요?"

"오늘 아침 일 말인데요……."

이럴 수가. 츠카모토 선생님은 그대로 그 선생님에게로 걸어갔다. '뒷일을 부탁드려요'라는 눈빛을 스즈키 선생님에게 보내면서. 나 혼자 이 엄격한 선생님을 상대하라고! 이런 일이 벌어질 거라고는 상상도 못했다.

"그럼, 가볼까?"

나는 들릴 듯 말 듯하게 대답하고는 불편한 마음으로 스즈키 선생님의 뒤를 따라갔다. 이럴 줄 알았으면 츠카모토 선생님과 내기를 하는 게 아니었는데, 후회가 물밀 듯이 밀려왔다.

보관실은 교무실 근처에 있었다. 스즈키 선생님이 열쇠로 문을 열었다. 내부는 무척 좁고 철제 선반에 서류 같은 것들이 빼곡하게 들어차 있었다. 졸업앨범도 거기에 보관되어 있는 듯했다. 사람이 자주 드나들지 않아서 그런지 도서실보다 더 퀴퀴한 냄새가 났다.

"그래서, 몇 년도 앨범을 찾는 거야?"

"아, 그게……."

내가 편지에 적혀 있던 연도를 말하자, 스즈키 선생님은 선반 앞으로 다가가 해당 연도의 앨범을 찾으려 손가락으로 졸업앨범들을 훑었다.

"어머, 그 해는……."

선생님은 무언가 생각났는지 목소리를 높였다. 그러더니 앨범을 꺼내기 전에 내 쪽을 돌아보며 말했다.

"뭘 알아보고 싶은 거야?"

"아, 그러니까, 그게……."

스즈키 선생님 앞에 나만 남겨두고 가버린 츠카모토 선생님을 속으로 원망하며 나는 더듬더듬 설명했다.

"책 속에서 편지를 발견했어요. 미래의 나에게 보내는 편지였는데……. 이것을 쓴 사람이 지금은 무슨 일을 하고 있는지 알아보고 싶어서요.”

간신히 그렇게 말하며, 나는 츠카모토 선생님에게 받은 편지를 스즈키 선생님에게 내밀었다. 스즈키 선생님은 편지를 받아 들고 한동안 말없이 들여다보았다. 혹시 내가 기분을 상하게 했나, 마음이 불안해졌다.

“이건.”

드디어 선생님이 입을 열었다. 평소의 카랑카랑한 목소리와 달리 목이 멘 듯한 소리였다.

“어머, 세상에……. 이게 어디에 있었어?”

글자를 따라 시선을 옮기던 선생님이 물었다.

“그게 그러니까, 도서실 책 속에 끼워져 있었던 것 같아요…….”

“그랬구나.”

그러고는 여전히 편지에 시선을 둔 채 스즈키 선생님은 부드럽게 웃었다.

“이 가토 기미코는, 바로 나야.”

*

한동안 너무 놀라 아무 말도 못했다. 정말이지 이런 전개
는 상상도 못했다.

스즈키 선생님은 편지에서 눈을 떼지 않고, 무언가가 생
각난 듯 조용히 말을 이었다.

"그래. 맞아. 이런 편지를 쓴 적이 있었던 것 같아. 아마 도
서실에서 자료 조사를 하다가 잃어버렸던 것 같아. 그래서 다
시 썼던 기억이 나. 다시 쓸 때는 왠지 부끄러워서 처음과는
전혀 다른 내용을 썼지만."

"근데 편지에는 가토라고……."

"결혼을 했으니까.(일본에서는 결혼 후 아내가 남편의 성(姓)을 쓰는 것이 일
반적이다_역주)"

선생님이 나를 보며 웃었다.

아, 그렇구나. 그제야 당연한 사실을 깨달았다. 그래서 가
토에서 스즈키가 된 거였다.

"그래 맞아. 그때 나는 배우가 되고 싶었지."

선생님은 마치 그런 꿈을 까맣게 잊고 있었던 것처럼 말했
다. 그러고는 가만히 편지를 바라보았다. 아마도 너무 집중해
서였을까 어깨를 움츠린 채 편지를 읽고 있는 스즈키 선생님
의 모습이 왠지 작아진 것처럼 느껴졌다. 언제나 날카롭던 눈
가에는 어느새 눈물이 맺혀 있었다. 코를 훌쩍이며 눈가를 누

르는 선생님을 보며, 나는 조심스럽게 물었다.

"선생님, 슬프세요? 어린 시절의 꿈을 이루지 못해서요?"

스즈키 선생님은 고개를 저었다.

"아니. 그렇진 않아." 그리고 웃으며 말했다.

"꿈을 이루지는 못했지만, 그 시절의 나로서는 상상도 못했던 내가 지금 여기에 있구나 싶어서 울컥한 거야. 슬프지는 않아. 이미 다 잊고 있었지만, 그때는 배우가 되고 싶어서 어쩔 줄 몰랐지. 연극배우가 되고 싶어 극단에 들어가 연습에 매달리기도 했고. 그 시절의 나는 배우가 못 되면 어쩌나 하는 생각에 늘 불안했어. 배우 말고는 어떤 미래도 그려지지 않았으니까. 꿈을 이루지 못하면 정말로 죽을지도 모른다고, 그때는 진심으로 믿었지. 하지만 지나고 보니 어떻게든 살아지더라고."

그렇게 말하는 선생님의 표정에서는 정말로 슬픈 기색이 느껴지지 않았다. 크고 또렷한 맑은 목소리와 무대 위에서 정확히 객석을 바라보는 듯한 그 눈빛은 오히려 행복으로 빛나고 있었다.

"정말 신기하네. 이렇게 미래의 나에게 편지가 도착하다니. 이런 소중한 경험을 하게 될 줄은 상상도 못했어. 정말 인생은 어디로 흐를지 아무도 알 수 없다니까. 린나, 고마워."

나는 왠지 쑥스러워서 더 찾아볼 건 없다고 말하고 보관
실에서 나왔다.

도서실로 돌아가 그 일을 츠카모토 선생님에게 말하자,
책정리 중이던 선생님은 그랬구나, 하며 웃었다. 어째서인
지 선생님은 별로 놀라워하지 않았다. 나는 테이블에 팔꿈
치를 괴고 앉아 일하는 선생님의 옆모습을 바라보았다.

"꿈이 이루어지지 않는 경우도 있지."

"제가 그랬잖아요. 대부분은 실패한다고."

츠카모토 선생님은 나를 힐끗 보고는 미소를 지었다.

"미래가 생각과 다르더라도 그때 품었던 마음은 결코 헛
되지 않을 거라고 믿어. 언젠가 그 시절을 그리워하며, 추억
이라는 책장에 꽂아두었던 책갈피를 꺼내 다시 펼쳐보고 싶
은 소중한 시간이 될 테니까."

선생님은 책장에서 책을 꺼내면서 마치 노래하듯 그렇게
말했다.

정말 그럴까? 내가 어른이 되었을 때 지금 이 시간을 추
억하고 싶어질까? 아니, 절대 그럴 리 없다. 친구들에게 왕

따를 당하고 겉돌며 억울함과 괴로움만 가득한 이 시간을 다시 꺼내보고 싶다니, 말도 안 된다.

"그런 건 거짓말이에요."

나는 힘없이 중얼거렸다.

"그렇지 않아."

"힘들고 괴로워도요? 지금 당장 힘들어서 두 번 다시 떠올리고 싶지 않은 때라도요?"

"믿기 어렵겠지만, 언젠가는 그 시간조차 그리울 때가 있을 거야. 비록 아픈 기억일지라도, 그때의 감정들이 너를 더욱 단단하게 만들어줄 거야."

선생님은 책을 가슴에 안은 채 웃으며 말했다.

나는 다시 고개를 떨궜다. 그런 날이, 그런 미래가, 그런 어른이 된 나 자신이 도무지 그려지지 않았다.

"선생님, 제가 이겼어요."

"그래, 린나가 이겼어. 선생님이 졌으니 약속한 대로 소원을 들어줄게. 뭐든 말해 봐."

저를 혼자 두지 말아요.

나는 눈시울이 뜨겁게 달아오르는 것을 느끼며 입술을 꼭 깨물었다.

다른 도서부원은 필요 없어요. 도서실 이용자를 늘리지

않아도 돼요. 그러니까 제발 이곳을 빼앗지 말아줘요. 이 도서실을 조용히 죽어 있는 채로 내버려두세요. 뱀파이어 같은 제가 이곳에 계속 몸을 숨길 수 있게 해 주세요. 선생님, 지금까지 말 안 했지만 저는 보통 아이들과 달라요. 학교에 오는 것이 괴로워요. 교실에 가는 것이 고통스러워요. 아이들의 놀림거리가 되고 모욕적인 일을 당하는게 싫어요. 그러니까…….

"이제 선생님 일은 돕지 않을 거예요. 여기서 그냥 책만 읽게 해주세요."

"좋아, 그렇게 해. 대신 책은 나와 함께 읽자."

나는 눈이 가려운 척하며 손등으로 눈가를 가렸다. 그러고는 고개를 들자, 선생님이 무언가를 내밀었다.

"이게 뭐예요?"

"책갈피야. 우리의 약속 증표."

그것은 하얗고 예쁜 수제 책갈피였다.

"다가올 미래를 위해 이 책갈피와 함께 책을 많이 읽어줘. 이야기는 결코 린나를 배신하지 않을 거야."

*

어느새 봄이 끝나가고 있었다.

다 읽은 책에서 고개를 들어 주변을 둘러보니, 창문 커튼이 바람에 살랑살랑 나부끼고 있었다. 창가 옆 테이블에서 공부하고 있던 여학생이 그 커튼을 조금 성가시다는 듯한 표정으로 쳐다보았다.

뱀파이어가 살았던 묘지는 어느새 완전히 정화되어 일말의 흔적조차 찾아볼 수 없게 변했다. 책들은 책장에 가지런히 꽂혀 있고, 츠카모토 선생님이 만든 게시물이 곳곳을 화사하게 장식하고 있다. 피부에 닿는 햇살의 따사로움이 의외로 기분 좋았다.

"선생님, 이거 어떻게 해요?"

접수대 안쪽에서 보호 필름 작업을 하고 있던 여학생이 소리를 높여 물었다. 사서실에 틀어박혀 바쁘게 무언가 하고 있던 츠카모토 선생님이 대답했다.

"린나한테 물어봐!"

나는 1학년 여자아이가 다가오는 것을 기다렸다.

"린나 선배님, 이것 좀 알려주세요."

"금방 갈게."

"네, 고맙습니다."

여자아이의 뒷모습을 바라보다가 나는 손에 들고 있던 책으로 다시 시선을 돌렸다.

책만 읽어도 된다면서. 피식 웃으며 손에 든 책갈피를 끼우려다 문득 깨달았다. 너무 몰입한 탓일까. 책갈피를 손에 꼭 쥔 채 읽었더니, 하얀 책갈피에 땀이 배어 있었다. 늘 그랬듯, 소중한 책갈피에는 조금씩 손때가 묻고 있었다. 하지만 그 흔적은 마치 누군가가 나를 지켜본 증거처럼 느껴져 오히려 더 애착이 갔다. 신기한 일이었다.

나는 방금 다 읽은 책의, 언젠가 다시 펼쳐보고 싶은 페이지에 책갈피를 꽂아두고 천천히 일어섰다. 막연하지만 이제 나는 꿈을 꾸게 되었다. 언젠가 나도 어른이 될 것이다. 그때, 추억이 담긴 이 책갈피를 다시 펼쳐보게 될지도 모른다. 물론 아직은 모든 게 불안하다. 하지만 미래의 일은 누구도 알 수 없는 법이다.

이야기의 결말을 상상하듯, 나도 내 미래를 조심스레 그려보기로 했다.

3.

다정히 나를 써내려가는 법

— 아카네 이야기

　나는 독후감이 정말 싫다. 아니, 책을 읽는 것 자체가 지루하고 재미도 없어서 너무 싫다. 그중에서도 소설책은 최악이다. 글씨는 작고 눈은 아프고, 아무리 읽어도 진도가 나가지 않는다. 완전 구닥다리다. 그런데 독후감을 쓰라고? 책을 읽고 감상을 쓰라니 머리가 지끈거렸다. 한숨만 쉬다가 턱을 책상에 대고 엎드렸다.

　이게 다 대머리 뚱보, 고다 선생님 때문이다. 선생님은 선정 도서 다섯 권 중 한 권을 골라 읽고 원고지 세 장 이상의 독후감을 써내라는 숙제를 냈다. 기한은 겨우 10일이었다. 그 안에 책을 읽고 독후감을 제출해야 한다.

고작 열흘? 세 장 이상을? 책 읽고 무슨 쓸 말이 그렇게 많다고. 대머리 뚱보, 고다 선생님은 도대체 무슨 생각으로 이런 숙제를 낸 거야?

수업 시간에 고다 선생님은 이렇게 말했다.

"요즘 중학생들이 독서에 점점 흥미를 잃어가는 건 참 안타까운 일입니다. 독후감 대회에 자신 있게 작품을 응모할 수 있도록, 여러분은 평소 독후감 쓰기에 익숙해져야 합니다. 어쩌고저쩌고……."

독후감 쓰기에 익숙해지라고요? 아침독서 시간에 관심도 없는 책을 읽는 척하는 것만으로도 힘들다고요, 진짜!

"독후감 숙제, 무슨 책으로 할지 정했어?"

방과 후에 아일루가 물었다. 아일루. 진짜 이름은 아이루(藍琉)다. 유명한 게임에 나오는 고양이 같은 캐릭터 이름이라는데, 나는 잘 모른다. 그런데 아이루는 한자 획수도 많고 복잡해서 친한 애들은 그냥 아일루라고 부른다.

"아직……." 맥없이 바람 빠지는 목소리가 나왔다. 아일루는 내 앞자리 의자에 앉더니 엎드려 있는 나를 내려다보았다. 책상 위에는 고다 선생님이 나눠준 프린트가 그대로 놓여 있었다. 프린트에는 선정 도서 다섯 권에 관한 설명과 책 표지가 실려 있었다. 그런데 흑백으로 복사된 프린트라 책들이 다 비슷비슷해 보였다.

"고르고 싶은 책이 하나도 없어. 독후감 대회라는 것도 그렇고. 어쩜 이렇게 하나같이 재미없는 책들만 모아놨을까."

어른들은 왜 그렇게 지루한 책들을 좋아할까. 난 솔직히 전쟁 이야기는 관심 없다. 이미 옛날에 다 끝난 일이잖아. 원주율이 어떻고 하는 건 나랑 무슨 상관인데. 우주개발에도 관심 없다. 다른 나라 이야기는 무슨 소린지 하나도 모르겠고. 장어에 대한 해설 책은 왜 넣은 거야. 그걸 읽는다고 배가 부른 것도 아니고. 아무튼 읽고 싶은 책이 하나도 없다. 흥미를 당겨야 읽든지 말든지 하지.

"내 말이! 완전 공감이야."

"진짜, 우리가 좀 좋아할 만한 책을 골라주면 안 되나."

"예를 들면?"

"음, 유튜버 되는 법이라든가, 동영상을 예쁘게 꾸미는 꿀팁 같은?"

"중학생에게 어울리는 화장법이라든가!"

"읽기만 해도 다이어트에 도움이 되는, 먹어도 살 안 찌는 방법!"

우리는 발을 동동 구르며 웃었다.

"고르는 것도 귀찮은데 읽고 감상을 써서 내라니."

"그러면 있지." 아일루가 비밀을 털어놓듯 말했다.

"대행 서비스를 이용하는 건 어때?"

"대행 서비스?"

"인터넷으로 찾아봤더니, 돈은 좀 들지만, 독후감을 대신 써주는 업체가 있대."

"진짜?" 나는 몸을 일으켰다.

"얼마에 해주는데?"

"원고지 한 장에 대략 4천엔 정도."

"비싸!" 말이 저절로 튀어나왔다. 그리고 강조하듯 한 번 더 말했다. "너무 비싸!"

"참고로 세 장이면 1만 2천엔."

"야, 그걸 어떻게 내. 그 돈이면 옷을 사겠다."

결국 책을 고르지 못한 채, 우리는 나란히 집으로 향했다. 학교에서 멀지 않은 아일루네 집은 우리 집 가는 길목에 있다. 그래서 같이 하교할 때는 언제나 아일루를 먼저 배웅하는 셈이 된다. 아일루네 집은 새로 지은 단독주택으로 크고 넓다. 그런 집에 사는 아일루가 부럽다.

아일루네 집에 가까이 왔을 때, 아일루 엄마가 어떤 아주머니와 서서 이야기를 나누고 있는 게 보였다. 아일루가 "다녀왔습니다." 하고 인사를 하자, 아일루 엄마는 "왔어?" 하고 반가운 목소리로 말했다. 그리고 늘 그렇듯 나에게도 "아카네도 어서 오렴." 하고 따뜻하게 맞아주었다. 그러고는 "괜찮으면 들어왔다가 갈래?" 하고 물었지만, 어제도 그저께도 갔기 때문에 오늘은 예의상 사양했다.

아일루와 헤어지고 집까지 혼자 걸었다. 아파트 계단을 올라가 가방에서 열쇠를 꺼내 현관문을 열고 들어가 어두컴컴한 실내에 불을 켰다. 그러고는 내 방으로 들어가 침대에 벌러덩 누워 핸드폰으로 동영상을 보았다. 주로 애니메이션이나 드라마, 아니면 친구들이 SNS에 올린 1분짜리 영상들이다. 한참을 그러고 있었더니 슬슬 배가 고파왔다. 거실로 나가 보니 식탁 위에 2천 엔이 놓여 있었다. 뭘 먹을까 고민하다가 피자를 시켜먹기로 했다. 마침 오늘은 추가로 피자 한 판을 더 주는 이벤트가 있는 요일이었다.

애니메이션 한 편을 다 볼 때쯤 피자가 도착했다. 데이터 제한이 걸려 화질이 좋지 않은 동영상을 보면서 피자를 먹었다. 엄마는 밤 10시가 지나서 들어왔다.

*

구세주는 어느 날 불쑥 찾아왔다. 무슨 말이냐고? 고다 선생님의 독후감 숙제 말이다.

여느 때처럼 아일루와 함께 집에 가다가 집 열쇠를 책상 안에 두고 온 것이 생각났다. 아일루를 먼저 보내고, 부랴부랴 열쇠를 가지러 학교로 돌아갔다. 교실 앞에 거의 도착했을 때였다. 해가 져서 어둑어둑할 줄 알았던 교실에 불이 켜져 있었고, 여자애들의 말소리가 들려왔다. 나는 교실 입구에 멈춰 서서 실내 상황을 조용히 살폈다. 한 명은 책상에 앉아 무언가를 쓰고 있고, 한 명은 그 옆에 서서 초조한 표정으로 그 모습을 바라보고 있었다. 마미야와 오자와였다.

"더 쓰게? 거의 다 썼잖아."

"음, 뭔가 마음에 안 든단 말이지."

"대충해도 될 텐데. 역시 도서부원은 다르네."

"그런 건 아니지만. 아무래도 안 되겠어. 이건 탈락. 다른 책으로 할래."

"에? 다른 것도 읽었어?"

마미야는 원고지를 잔뜩 구겨서 쓰레기통에 던졌다.

"집에 가서 써야겠어."

둘은 가방을 챙겨들고 교실을 나갔다. 두 사람이 나가자마자, 나는 마치 교대라도 하듯 다른 문으로 슥 들어갔다. 그런데 내가 왜 몸을 숨긴 거지? 뭐, 같은 반이기는 하지만 전혀 친분이 없으니. 솔직히 난 저런 따분한 애들과는 맞지 않는다. 괜히 눈이라도 마주쳤으면 서로 무슨 말을 해야 할지 몰라서 난처해졌을 거다.

잠깐, 그건 그렇고.

그 순간 하늘의 계시랄까, 어떤 아이디어가 번뜩 떠올랐다. 나는 마미야가 끄고 나간 교실 전등을 다시 켜고 뒤쪽에 있는 쓰레기통을 살폈다. 꾸깃꾸깃 뭉쳐진 원고지가 보였다. 살짝 두근거리는 마음으로 꺼내 펼치자, 겹쳐진 세 장의 원고지에 빼곡한 글자들이 눈에 들어왔다. 마치 모든 칸을 채우겠다는 듯한 기세였다. 순간, 춤이라도 추고 싶은 기분이었다.

이건 써먹을 수 있겠다. 마미야는 수수한 겉모습만큼이나 조용한 도서부원이었다. 다른 재밌는 것도 많은데 애는 쉬는 시간마다 책을 읽고 있었다. 조금 전에 버린 이 원고도 아마 독후감 숙제를 한 게 틀림없었다. 그런데 기껏 써놓고 다른 책으로 다시 쓰겠다니! 난 마미야가 버린 이 독후감을 베껴서 제출하기로 마음먹었다. 베껴 쓰는 게 좀 귀찮긴 하겠지만 책을 다 읽고 쓰는 것에 비하면 일도 아니다. 이런 행운이 내게 찾아오다니!

*

점심시간이었다. 교실에서 아일루랑 같이 밥을 먹었다. 아일루는 엄마가 싸준 도시락을 가져왔는데, 내가 아일루의 반찬을 한입씩 얻어먹는 게 거의 일상이 돼서 아일루 엄마도 그걸 알고 반찬을 조금 더 많이 싸주었다. 그저 감사할 따름이다. 나는 학교 위탁업체에서 제공하는 급식을 먹었다.

요즘 인기 있는 동영상 이야기로 한참 웃고 떠들다가 분위기가 잠잠해졌을 때, 독후감 숙제 이야기가 나왔다.

"아카네, 책 정했어? 빨리 정하지 않으면 도서실에서 원하는 책을 못 빌릴 수도 있어."

후훗, 나는 의미심장한 미소를 흘렸다. 아일루가 살짝 의아해하는 표정을 지었다.

"왜 그래? 뭐 잘못 먹었어?"

"아니야. 작전이 있어." 나는 일부러 목소리를 낮추고 아일루 쪽으로 얼굴을 바짝 들이밀었다. 그러자 아일루도 눈치를 채고는 냉큼 얼굴을 들이댔다. 아일루의 향수 냄새와 도시락 냄새가 섞여 살짝 토할 것 같았다. 아무튼 나는 마미야가 버린 원고지를 이용하는 작전을 아일루에게 은밀하게 말했다.

“와! 진짜?”

“진짜. 벌써 열 줄 정도는 베꼈어.”

“마미야가 쓴 거라고? 무슨 내용이야?”

“그건 나도 잘 모르겠어. 그렇지만 제대로 쓴 것 같아. 아마 고다 선생님도 뭐라고 안 할걸.”

“지금 가지고 있어? 보여줘 봐.”

마침 마미야가 교실에 없는 틈을 타 아일루가 졸랐다. 나는 책상서랍을 뒤져서 노트 사이에 끼워둔 원고지 세 장을 꺼냈다.

“미리 말해두지만, 아무리 네가 부탁한다 해도 이건 못 넘겨줘. 똑같은 걸 쓸 수는 없으니까.”

아일루는 원고지를 훑어보고는 고개를 들었다. 그러더니 의아한 듯 물었다.

“이거 무슨 책에 대한 독후감이야?”

“무슨 책이냐니, 당연히 독후감 선정 도서지.”

“아니, 그건 그런데, 책 제목 말이야. 제목이 아무 데도 안 쓰여 있잖아?”

“어?”

“고다 선생님이 독후감을 제출할 때는 제목을 꼭 써야 한다고 그랬잖아. 근데 이 독후감은 어디에도 책 제목이 없어.”

나는 아일루에게서 원고지를 낚아채 천천히 다시 읽어보았다. 정말 그랬다. 이 독후감에는 책 제목이 안 적혀 있었다. 어쩌면 마미야는 나중에 '○○를 읽고' 같은 제목을 덧붙일 생각이었는지 모른다. 그런데 그 전에 탈락시켜버린 거다.

어떡하지. 나의 완벽한 작전이 지금 무너질 위기에 처해 있었다. 구원의 손길을 기다리는 눈빛으로 아일루를 바라보자, 아일루는 큰 눈을 굴리며 말했다.

"감상 내용으로 추리해 본다거나."

"소설 같다는 건 알겠는데……."

"다섯 권 중 네 권이 소설이었어. 일단, 한 권은 제외할 수 있겠다."

"반대였다면 차라리 찾기 쉬웠을 텐데!"

"다른 건? 줄거리 같은 건 안 쓰여 있었어?"

"응……."

독후감이라는 건 대체로 줄거리 소개하고, 그래서 내 느낌은 어떻다 이런 식으로 쓰는 것인 줄 알았는데, 마미야의 독후감은 좀 독특했다. 주인공에게 감정이입한 부분이나 자신과 닮았다고 느낀 점만 늘어놓았을 뿐, 정작 중요한 이야기의 줄거리 같은 건 없었다.

"일단 주인공은 여자애인 것 같아……."

"어디 봐."

아일루는 원고지를 손에 들고 눈으로 쓱 읽어내려갔다.

"아냐, 여자애라고 단정할 수도 없어. 이름이나 성별 같은 게 안 적혀 있잖아."

정말 그랬다. 마미야는 '주인공은', '주인공의' 같은 식으로만 쓰고 '그' 혹은 '그녀' 같은 표현은 쓰지 않았다.

왜 이렇게 헷갈리게 쓴 거야? 읽는 사람 입장도 생각해줘야지. 이 아이, 참 센스가 없네.

"아, 이건 그거다." 아일루가 자신만만하게 말했다.

"내 이름처럼 주인공 이름의 한자 획수가 많아서 어려웠던 거야. 일일이 쓰기 귀찮으니까 '주인공은'으로 통일한 거지. 나도 내 이름을 한자로 쓰기 귀찮거든. 그러니까 주인공 이름 중 한자가 어려운 책을 찾으면 돼."

"그러네! 추리가 제법인데. 방금 아일루 너, 명탐정 코난 같았다."

"잠깐, 그럴 거면 '그'나 '그녀'라고 쓰는 게 낫지 않아?"

"아, 그러네!" 아일루가 고개를 갸웃거렸다. 그러다가 갑자기 "아!" 하고 크게 외쳤다.

"알았다!"

"진짜? 뭔데? 얼른 알려줘."

"그거야, 글자 수. '주인공'이라고 쓰면 원고지 세 칸을 채울 수 있잖아. '그'라고 쓰는 것보다 글자 수를 늘릴 수 있는 거지."

"오! 아일루 천잰데. 진짜 탐정해도 되겠어."

그러고 보니 아일루 집에는 『명탐정 코난』 전권이 쭉 꽂혀 있었다.

"잠깐, 그러면 주인공 이름의 한자가 어렵든 말든, 그냥 '주인공'이라고 쓰지 않을까?"

"아, 그러네." 아일루는 고개를 끄덕였다.

"그럼 혹시 주인공 성별이 애매해서 그런 거 아닐까? 글자 수를 늘릴 생각은 아니지만, 이름은 획수가 너무 많아서 쓰기 귀찮고, 남자인지 여자인지도 모르겠고. 그래서 그냥 '주인공'이라고 뭉뚱그린 거지. 그럴 가능성도 있잖아. 그런데 그런 책이 있나……. 결국은 읽어봐야 알겠는데."

"헐, 말도 안 돼……."

나는 등받이에 몸을 기대고 천장을 올려다보았다. 직접 읽어보지 않으면 확인할 수가 없다니! 한 권을 통째로 다 읽진 않아도 되겠지만, 한 페이지라도 관심 없는 소설을 읽어야 한다는 건 거의 고문에 가까운 일이었다.

아일루는 이제 흥미가 식었는지 다시 도시락을 먹기 시작했다. 아일루는 입이 짧다. 그래서인지 체형도 마른 편이다.

답답한 기분으로 멍하니 교실 천장을 바라보고 있는데, 뒤에서 갑자기 폭소가 터졌다. 남녀 할 것 없이 한꺼번에 터진 웃음소리였다. 아일루도 뒤쪽을 쳐다보며 소리 없이 웃었다.

뭐지? 다들 왜 저렇게 웃는 거야? 궁금해서 그쪽을 돌아봤지만, 얼핏 봐선 무슨 일이 벌어지고 있는지 알 수 없었다. 그때 한 여자애가 교실 입구에서 무릎을 꿇고 있는 모습이 눈에 들어왔다. 그 애는 놀란 표정으로 잠시 멍하니 있더니 비틀비틀 일어섰다. 손을 내밀어주거나 괜찮냐고 말을 걸어주는 애는 한 명도 없었다. 그저 다들 키득키득 웃기만 할 뿐 아무것도 못 본 것처럼 외면했다. 까불이 사노가 휘파람 부는 시늉을 하고 있었다. 여자애는 입술을 꼭 깨문 채 치마에 묻은 먼지를 털었다. 그러고는 교실을 나갔다.

미사키였다.

그제야 무슨 일이 벌어졌는지 조금 이해가 되었다. 아마도 사노가 미사키의 발을 걸어서 일부러 넘어지게 한 모양이었다. 그게 웃겨서 다들 까르르 웃고 난리가 났던 거고.

"아카네, 못 봤지? 완전 웃겼어. 아, 그런 건 영상으로 찍어야 하는데."

나는 그렇게 말하는 아일루를 보며 맞장구를 쳤다.

"응." 그리고 "아, 나도 보고 싶었는데." 하고 큰 소리로 말하며 아쉬워하는 표정을 지었다. 미사키에게는 무슨 짓을 해도 괜찮다. 그것이 이 교실의 규칙이었다. 그런데 왜.

"아카네, 왜 그래?"

"아니야, 아무것도."

그 광경을 못 봐서가 아니라 그냥, 뭐라고 말하고 싶었다. 태연하게 묻는 아일루에게 뭔가 확실하게 대꾸하고 싶었다. 그런데 마음 한구석이 계속 걸렸고, 그걸 도무지 말로 표현할 수 없었다.

기분이 이상했다. 뭐라고 말을 하고 싶은데 말이 안 나왔다. 설령 말을 할 수 있다고 하더라도 무슨 말을 하고 싶은 건지 모르겠다. 내가 느끼는 이 감정의 정체가 선명하지 않았다. 하지만 이 막연한 답답함은 엄마가 밤늦게 집에 돌아올 때 느꼈던 기분과 조금 비슷했다.

*

방과 후에는 곧장 도서실로 향했다. 마미야의 독후감이 어떤 책에 대한 것인지를 확인해야 했다.

도서실에 가는 건 1학년 때 이후로 처음이었다. 평소 아침독서 시간에 읽는 척할 때 쓰는 책은 엄마 방에서 슬쩍 가져온 것이기 때문에 이곳에 올 일이 없었다. 엄마는 결혼하기 전까지는 책을 좋아했던 것 같다. 그래서인지 우리 집 작은 책장에는 오래된 추리소설이 여러 권 꽂혀 있었다. 엄마가 책 읽는 모습을 본 적은 없지만.

고다 선생님이 나눠준 선정 도서목록이 적힌 프린트를 들고 도서실 책장 사이를 이리저리 살펴봤지만 필요한 책을 찾을 수 없었다. 이럴 땐 도서부원에게 물어보는 게 빠를지도 모른다. 하지만 접수대에 앉아 있는 아이는 어딘가 믿음직스럽지가 않았다. 조용하고 소극적인 애들과는 워낙 접점이 없다 보니 오히려 더 말을 걸기가 어렵다. 말을 걸면 대개 잔뜩 긴장한 얼굴로 고개부터 푹 숙여버리니까.

"저기."

아니나 다를까, 접수대에서 책을 읽고 있던 아이는 흠칫 놀라 어깨를 들썩이며 놀란 눈으로 나를 올려다보았다.

"이 책은 어디서 찾을 수 있어?"

그 애 앞으로 프린트를 내밀며 말했다.

"어…… 고다 선생님 과제용 도서? 어떤 거?"

"소설. 네 권."

"네 권 다 빌리게?"

"잠깐 확인만 좀 하려고. 찾아봤는데 안 보이길래."

"서가 책들은 이미 대출 중일 거야."

"벌써?"

"응. 하지만 사서실에 여유분이 있어."

그 애는 자리에서 일어나 접수대 안쪽에 있는 작은 문을 열었다. 선생님, 하고 부르자 안에서 여자 목소리가 들려왔다.

"무슨 일이야, 아오이."

"고다 선생님 과제용 도서 말인데요, 2학년 B반 거요."

약간의 대화가 오간 뒤 그 애가 돌아왔다. 책 네 권을 들고 있었다. 두 권은 크기가 작았고, 나머지 두 권은 하드커버인가 뭔가 하는, 두껍고 딱딱해서 읽기 불편한 책이었다.

나는 책을 받아서 안쪽 테이블에 앉았다. 독후감과 책을 나란히 놓고 우선 한 권씩 줄거리를 찾아보거나 책장을 빠르게 넘겨보면서 주인공이 어떤 인물인지를 확인해갔다. 그런데 이게 의외로 어려웠다. 마미야의 독후감에 등장하는 주인공은 평범한 인물이라 지금 보고 있는 책의 주인공과 일치하는 것 같기도 하고, 아닌 것 같기도 했다. 마미야가 읽은 책의 주인공이나 지금 내 손에 들고 있는 책의 주인공도 이렇다 할 특징이 없는 인물이었다. 독후감 마지막에는

'주인공에게 놀랐다'라고 쓰여 있었는데, 무엇에 놀랐다는 건지 중요한 그 내용이 안 적혀 있었다. 차라리 극악무도한 악당이라든가, 고귀한 여왕님이라든가 세계 최고의 명의 같은, 한눈에 파악할 수 있는 주인공이라면 이렇게 고생할 일이 없을 텐데. 하는 수 없이 처음부터 차근차근 읽어보려고 했다. 그러나 5분 만에 좌절했다. 독후감을 안 쓰기 위해 소설을 읽다니, 진짜 말도 안 되는 짓이었다.

짜증이 밀려오던 그때, 누군가 내 옆에 서 있는 기척을 느꼈다. 책상 위에 펼쳐놓은 책을 어떤 여자가 내려다보고 있었다.

"아, 미안." 그녀가 웃으며 말했다.

"책을 특이하게 읽길래, 궁금해서."

나는 깜짝 놀라 그녀를 올려다보았다. 처음 보는 선생님이었다. 젊고 예뻐서 한 번 보면 금세 기억할 것 같은 인상인데, 전혀 본 적 없는 얼굴이었다. 큼직한 검은 테 안경이 작은 얼굴에 은근히 잘 어울렸다. 옷차림은 수수해 보였지만 자신에게 어울리는 화장을 은은하면서도 세련되게 했다는 것을 알 수 있었다.

"그거, 고다 선생님 숙제지? 독후감 다 썼는데 왜 네 권을 비교하고 있는 거야?"

그녀는 미간을 좁히며 원고지를 들여다보았다. 기분 좋은 향기가 코끝을 간질였다. 아, 맞다! 도서실에 친절한 사서 선생님이 있다고 애들이 얘기했던 게 생각났다.

큰일 났다. 들키면 안 되는데. 나는 얼떨결에 한 손으로 꾸깃꾸깃한 원고지를 숨겼다. 시오리 선생님은 손가락을 턱 끝에 대고는 잠시 고개를 갸웃거리더니 말했다.

"아, 알았다. 알았어." 그러고는 장난꾸러기 같은 표정으로 나를 바라보았다.

"너, 꼼수 쓰려고 하는구나?"

"아, 아뇨, 그게 아니라……."

"으음." 안경 너머의 커다란 눈동자가 나를 조용히 응시했다. 그런데 그 눈빛은 나를 나무라는 것이 아니라, 우연히 비밀을 나누게 된 친구라도 된 것처럼 천진난만한 빛을 띠고 있었다.

*

결국 시오리 선생님의 눈빛에 끌려 나는 순순히 자백하고 말았다. 그렇게 강렬한 눈빛으로 뚫어져라 쳐다보는 선생님을 마주하면 누구든 사실대로 털어놓을 수밖에 없을 것이다. 보정 필터가 필요 없을 만큼 크고 뚜렷한 눈. 그 눈이 장난스럽게 반짝이는 모습은 영상으로 찍기만 해도 팔로워 수가 폭발적으로 늘어날 것 같았다.

내가 자초지종을 설명하자 시오리 선생님은 화를 내기는커녕 재밌다는 듯 웃었다. 그러다 결국 분위기에 휩쓸려 아일루와 나눴던 이야기까지 털어놓았다.

"오호, 그렇구나. 그 친구 대단하다, 거기까지 생각했다니. 주인공 이름의 획수가 많고, 성별을 모를 수도 있다라. 왠지 추리소설 같네."

"그런가요? 물론 그렇게 생각할 수도 있지만 이건 그냥 무슨 책에 대한 감상인지 알아보는 것뿐인데요. 사건을 추리하는 게 아니라." 왠지 모르게 친근함이 느껴져서 금세 편한 말투가 나왔다. 그래도 시오리 선생님은 개의치 않았다.

"추리소설 중에는 말이지, 제목의 짧은 문장을 단서로 추리해서 그 이면에 숨겨진 진실을 추리해가는 이야기도 있어. 내가 보기엔 원고지에 적힌 문장만 보고 어떤 책의 독후감인지를 추리해가는 것도 충분히 훌륭한 미스터리야. 그러니까 지금 너는 미스터리의 세계에 있는 셈이지."

"뭐예요, 그게." 나는 부루퉁한 얼굴로 말했다.

"근데 주인공의 성별을 모른다는 게 말이 안 되잖아요."

"그렇지 않아. 서술 트릭이라고 해서 일부러 독자에게 정보를 숨겨놓고 쓰는 방식의 미스터리도 있는걸. 이를테면, 독자는 주인공을 당연히 남자라고 생각하고 읽었는데 알고 보니 여자였다는 사실이 마지막에 밝혀진다거나 독후감을 쓴 친구도 스포일러가 될까 봐 일부러 성별을 쓰지 않은 게 아닐까?"

"어? 정말요? 그럼 이게 맞는 건가. 선생님은 이 독후감이 무슨 책에 대한 건지 알고 계시죠?"

"후훗, 그건 비밀이야." 선생님은 웃으며 말했다.

이 선생님, 혹시 장난치는 건가?

"읽어보면 되잖아. 왜 읽는 걸 싫어해?"

"당연히 귀찮으니까 그렇죠."

"귀찮아?"

"책 읽는 건 너무 번거로워요. 그냥 동영상 보는 게 훨씬 재밌잖아요. 책 읽는 것도 싫은데 감상까지 쓰라니 말이 안 되잖아요. 아니 애초에 나와 아무 상관도 없고 관심도 없는 책들뿐이고요. 독후감 쓴다고 그게 내 인생에 무슨 도움이 되겠어요."

투덜투덜 불평을 늘어놓자 시오리 선생님이 *끄덕끄덕*하더니 말했다.

"그런데 막상 해보면 독서가 재밌다는 걸 알게 될걸."

"에이, 거짓말."

"거짓말 아닌데. 아, 그럼 내가 엄청 재밌는 책을 골라줄게. 그걸 한번 읽어봐."

아니, 갑자기 이야기가 왜 그렇게 되는 거죠?

"싫어요. 고다 선생님 숙제도 해야 하는데."

"내가 골라주는 책을 읽으면 이 독후감이 무슨 책에 대한 건지 알려줄게."

"네?" 나는 잠시 고민한 뒤, 어린아이처럼 설레는 표정으로 날 바라보는 선생님과 눈이 마주쳤다.

"그 말, 진짜예요?"

"진짜지."

"근데, 그래도 돼요? 선생님이 이런……, 부정한 일을 도와줘도."

"후후후" 시오리 선생님은 의미심장한 웃음을 지었다.

"학생에게 책과 가까워질 기회를 주는 거니까 이 정도쯤이야 괜찮지." 그러고는 바로 이어서 말했다.

"엄청 재밌는 책이야. 그 책만 읽으면 너는 독후감을 쓸 필요도 없고 지루한 과제용 도서를 일일이 확인하지 않아도 돼. 그리고 난 너한테 독서의 즐거움을 알려주는 셈이니까 서로 윈윈인 거지."

어떡하지. 그렇게까지 재밌는 책이라면 관심 없는 과제용 도서를 읽는 것보다는 할 만할 것 같다. 그냥 이대로는 독후감 책을 찾아내기가 쉽지 않을 것이다. 단서를 찾겠다며 네 권을 다 조금씩 읽다가는 결국 한 권 분량보다 훨씬 더 많이 읽게 될 수도 있다. 그런 수고를 하느니 시오리 선생님이 재밌다고 하는 책 한 권을 읽는 편이 이득일지 모른다.

"알겠어요. 대신, 진짜 재밌어야 해요."

내가 그렇게 수락하자, 시오리 선생님은 장난감을 선물 받은 아이처럼 표정이 환해졌다.

*

시오리 선생님이 골라준 책을 가방에 넣고 집에 왔다. 표지나 줄거리만 봐서는 여중생의 연애소설인 것 같았다. 잘은 모르겠지만, 내 맘대로 그렇게 판단했다. 로맨스물이라면 그나마 좀 낫다. 사실 나는 넷플릭스나 아베마TV 같은 인터넷 TV에서 하는 연애 프로그램을 매번 챙겨볼 정도로 좋아한다.

어두운 거실에 불을 켜고, 내 방 침대에 드러누웠다. 바로 책을 읽을 기분은 아니어서 대충 동영상을 보면서 시간을 때웠다. 저녁은 남은 피자를 데워 먹었다. 핸드폰 화면 속 세상에서 펼쳐지는 연애 프로그램을 시청했다. 라이브 스트리밍으로 보는 거라서 실시간으로 보지 않으면 다시 보기로 올라올 때까지 기다려야 한다. 가끔 화질이 좀 깨지거나 영상이 끊기기도 하지만, 두근거리는 마음으로 결말을 기다리면서 지켜보는 재미가 쏠쏠하다. 나도 고등학생이 되면 저 사람들처럼 연애할 수 있을까? 잠깐 그런 상상을 해보기도 한다. 하지만 그런 일은 없을 거다. 그냥 그럴 것 같다. 인기 유튜버라도 되면 모를까.

방송이 끝나자마자 곧장 아일루에게 메시지를 보냈다. 아일루도 이 방송을 꼭 챙겨보니까. 오늘 방송에 대한 감상을 어서 나누고 싶었는데 어쩐지 돌아온 답장은 시큰둥했다.

"미안, 못 봤어."

"진짜? 왜?"

"엄마랑 같이 TV 보는 중이라."

"뭐 보는데?"

"개그 프로그램. 완전 웃겨."

그 말과 함께 직접 TV 화면을 핸드폰으로 찍은 짧은 영상이 메시지에 떴다. 화면을 재생해보니 개그맨들의 콩트 장면이었다. 아일루와 아일루 엄마의 웃음소리가 들렸다. 즐거워 보인다. 아일루도 TV를 보는구나, 지금 새삼 깨달았다. 환한 거실 소파에 앉아서 그 큰 화면으로 엄마랑 나란히 TV를 보며 웃고 있겠구나. 나는 언제 TV를 봤더라? 꽤 오랫동안 안 본 거 같은데. 내 방에는 TV가 없고, 거실에 있는 TV는 혼자 덩그러니 앉아서 보고 싶지 않다. 엄마도 TV를 잘 보지 않는다. 그러다 보니 우리 집 TV는 거실에 놓인 커다란 장식품일 뿐이다. 아빠가 있었을 때는 엄마랑 아빠 사이에 앉아 소파에서 다함께 TV를 보곤 했었다. 그게 벌써 몇 년 전이다.

왠지 모르게 가슴이 답답해졌다. 그때랑 똑같았다. 교실에서 모두가 미사키를 보고 웃어대던 그 순간, 마음 한구석에 뭔가 걸린 게 있었고 지금도 마찬가지였다. 그걸 토해내고 싶은데, 목까지 차올랐는데 도무지 입 밖으로 나오질 않는다. 대체 그 안에 뭐가 막혀 있는지도 잘 모르겠다. 모르니 그냥 꿀꺽 삼켜버릴 수밖에.

한동안 핸드폰을 던져놓고 이리저리 뒹굴며 시간을 보냈다. 인터넷도 동영상도 더 볼 기분이 아니었다. 눈도 피곤했다. 그때 현관문이 열리는 소리가 났다. 나는 순간 벌떡 몸을 일으켰다.

"엄마 왔어."

엄마 목소리가 들려와 현관 앞으로 가니, 엄마는 막 구두를 벗고 있었다.

"다녀오셨어요." 살짝 잠긴 목소리로 인사했다.

"그래. 저녁은 먹었어?"

"네. 피자 남겨놨어요."

엄마는 피곤한 눈으로 나를 슬쩍 보고는 들고 있던 흰 봉투를 뜯으며 그대로 거실로 향했다. 나는 서서 그 모습을 지켜봤다. 왠지 말을 걸면 안 될 것 같아 조용히 꺼져 있는 TV로 시선을 돌렸다. 아일루가 보던 개그 프로그램은 아직 하고 있으려나. 엄마가 그런 걸 보는 사람이었던가. 그러다 문득 시오리 선생님이 했던 말이 떠올랐다. 뭐였더라? 사실 트릭? 서술 트릭? 엄마가 추리소설을 좋아했었다면 그런 것도 알까? 숨을 가득 들이마신 것처럼 가슴이 부풀어 올랐다. 그런 나를 대신하듯 엄마가 크게 숨을 내쉬었다.

"아카네, 이리 와봐." 엄마의 눈빛이 어딘가 심상치 않았다.

왜 그러지? 가슴이 덜컥 내려앉는다.

"핸드폰 요금이 또 많이 나왔잖아. 어떻게 된 거야? 엄마가 쓸데없는 동영상 같은 거 많이 보지 말라고 했지."

엄마가 손에 들고 있던 건 핸드폰 요금 청구서였다. 부풀었던 풍선이 순식간에 쪼그라드는 것 같은 기분이 들었다.

"아니, 그게……. 아니, 어쩔 수 없잖아. 우리 집은 인터넷이 연결돼 있지 않아서 와이파이도 없고. 핸드폰 없으면, 그러니까."

"말대답하지 마!" 엄마가 소리쳤다.

"맨날 쓸데없는 것만 보고. 그 시간에 공부 좀 하면 안 돼?"

나는 뭔가를 말하려고 입을 벌렸지만, 입술이 덜덜 떨려서 아무 말도 할 수 없었다. 목에 무언가 걸린 듯 자꾸만 올라오는데, 곧 터질 것 같은데도 그것의 정체를 모르겠다. 마치 뿌옇게 피어오르는 정체불명의 가스가 내 몸 안에 가득 쌓인 것 같았다. 뭔가 말하고 싶은데, 그게 뭔지 도무지 모르겠다. 미사키를 보며 느꼈던 감정과 똑같다. 생각하려고 할수록 머릿속이 뒤죽박죽 엉켜서 이러다 정말 터져버릴 것 같았다.

"왜냐면, 나는."

나는 대체 무슨 말을 하고 싶은 거지? 속으로 생각하며 입술을 꽉 문 순간, 눈가가 뜨겁게 타올랐다. 뺨을 타고 눈물이 흐르는 것을 느끼며 나는 소리쳤다.

"다 엄마 때문이잖아! 입 좀 다물어, 진짜 지긋지긋해!"

몸을 휙 돌려 내 방으로 들어가 문을 쾅 닫았다. 괴물같이 흉측한 소리를 내지르며 침대에 몸을 던졌다.

*

"그래서 주말 내내 잠수 탄 거였구나, 너무 괴로웠겠다."

월요일 아침, 아일루가 모든 상황을 이해했다는 듯이 고개를 끄덕이며 말했다. 나는 가방을 정리하면서 필요한 물건을 책상 서랍에 밀어 넣었다.

엄마한테 핸드폰을 뺏겼다. 주말에도 출근하는 엄마는 내 핸드폰을 들고 가버렸다. 그 바람에 나는 친구들과 연락도 못한 채 답답하고 지루한 주말을 보내야 했다.

"인터넷도 못하고, 이틀 동안 뭐 했어? 원시인이 따로 없네."

"책 읽었어."

"독후감 책?"

"그건 아니지만. 딱히 할 것도 없어서."

밖에 나가고 싶었지만, 용돈도 다 떨어진 상태라 그냥 방 안에 틀어박혀 시오리 선생님이 준 책을 읽었다. 주말에 책을 읽다니! 정말이지 너무너무 힘든 시간이었다. 글이 눈에 잘 안 들어와서 같은 문장을 몇 번이나 읽었는지 모른다. 같은 문장을 읽고 또 읽고…… 도무지 진도가 안 나갔지만, 그대로 덮어버리면 다시 펼치지 못할 것 같아서 끝까지 읽었다. 솔직히 핸드폰이 있었다면 끝까지 읽지 못했을 것이다.

“무슨 책이야? 재밌는 거야?”

음…… 뭐라고 대답해야 할지 잠시 고민하고 있는데, 어쩐지 교실 분위기가 갑자기 달라진 듯한 느낌이 들었다. 나는 무의식적으로 뒤를 돌아보았다.

미사키가 교실로 들어오고 있었다. 입술을 꼭 깨물고 고개를 숙인 채였다. 그 모습을 멀리서 지켜보던 반 아이들이 키득키득 웃고 있다. 가까이서 작은 웃음소리가 새어 나와 그쪽으로 시선을 돌렸다. 아일루가 웃고 있었다. 나는 아일루를 물끄러미 바라보았다.

“왜?” 아일루가 눈을 동그랗게 뜨고 물었다.

“아냐…….”

또다시 가슴이 답답해졌다. 엄마한테 혼났을 때는 이 답답함이 터질 듯 부풀어 올랐다가 터졌던 거였구나, 생각했다. 시큼하고 조마조마하고 울컥하는 느낌.

나는 아일루에게 뭔가를 말하고 싶었지만, 나의 이 복잡한 감정에 대해 뭐라고 말해야 아일루가 ‘완전 공감’해줄지 알 수 없었다. 결국 아무 말도 하지 못했다.

*

수업이 다 끝나자마자 도서실에 갔다. 약속을 지켰으니 시오리 선생님에게 보상을 받아야 할 차례였다. 안을 들여다보니 지난번에 봤던 그 조용한 아이가 접수대에서 책을 읽고 있었다.

쟤는 저 두꺼운 책을 읽는 게 힘들지도 않나. 어쩌면 엄마가 핸드폰을 사주지 않는 불쌍한 아이일지도.

"어머, 아카네."

사전처럼 두껍고 묵직한 책을 몇 권 안고 있던 시오리 선생님이 책장 너머로 얼굴을 내밀었다. 이제 두 번째 보는 건데 내 이름을 외운 모양이다. 어딘가 아이 같으면서도 스스럼없는 선생님. 오늘은 안경을 쓰지 않았다.

"선생님, 저, 그 책 다 읽었어요."

"이야, 대단한데. 빨리 읽었네. 어땠어?"

"음…… 뭐랄까, 감성 돋았어요."

선생님은 웃더니, 이것 좀 도와줄래? 하며 나에게 사전 같은 책을 떠안겼다. 어어? 난 도서부원도 아닌데. 황당해하는 내 마음을 아는지 모르는지, 선생님은 책장에서 비슷한 책들을 더 꺼내 품에 안더니 따라오라는 눈짓을 보냈다. 나는 얼떨결에 선생님을 따라 접수대 안쪽에 있는 사서실로 갔다.

사서실 안에는 다다미가 깔려 있었다. 다다미라니, 할아버지 댁에서나 보던 것을 학교 안에서 보다니 신기했다. 선생님 지시대로 가져온 책을 방 한쪽에 놓았다. 방 안에는 책이 든 골판지 상자가 몇 개 있었고, 그 외의 공간은 깔끔하게 정리되어 있었다. 중앙에는 좌식 테이블이 놓여 있었다.

"신발 벗고 들어와."

그 말에 실내화를 벗고 다다미 위로 올라가 선생님이 내어준 방석을 깔고 앉았다. 선생님은 테이블 맞은편에 반듯하게 정좌를 하고 앉았다. 왜 이런 곳으로 데려왔는지 의아해하고 있는데, 선생님은 내 마음을 꿰뚫어보기라도 한 것처럼 장난스럽게 웃으며 말했다.

"학생의 부정행위를 돕는 건데, 이런 건 은밀하게 얘기해야지."

"그럼 이제 책 제목 알려주시는 거예요?"

"그 전에 아카네의 감상을 듣고 싶은데."

"예에?" 나는 표정이 일그러졌다. "아, 왜요……."

"그야, 감상을 들려주지 않으면 정말로 책을 읽었는지 아닌지 알 수 없잖아?"

"저, 거짓말 같은 거 안 하거든요."

"남이 쓴 독후감을 숙제로 내려는 사람이 할 말은 아닌 것 같은데?"

그 말을 들으니 더 이상 반박할 수가 없었다.

"감상이라는 게…… 뭘 얘기하면 되는데요?"

"책은 재밌었어?"

"음, 그럭저럭이요. 선생님이 말씀하신 것처럼 엄청 재밌지는 않았어요."

"그랬구나." 선생님이 고개를 끄덕였다. 어딘가 아쉬워하는 표정이었다.

"그건 좀 아쉽네. 그랬구나……."

진심으로 아쉬워하는 것 같아 나는 얼른 덧붙였다.

"뭐, 그렇게 나쁘지는 않았어요. 그냥 제가 기대한 거랑 조금 달랐을 뿐이에요."

"어떻게 달랐는데?"

"여자애가 주인공인 로맨스물인 줄 알았는데 로맨스는 딱 한 편뿐이었고, 나머지는 전혀 다른 이야기였어요."

"아, 그렇지. 그 책은 단편집이니까. 아카네는 로맨스물을 좋아하는구나?"

"네, 뭐 그런 편이에요. 남자애가 주인공인 이야기는 솔직히 관심 없고, 열정 넘치는 동아리 이야기는 제가 동아리 활동을 안 해서 공감이 안 되고요."

"그렇구나. 그래, 그럴 수 있지. 그래도 세 번째의 사랑 이야기는 좋았지? 좀 아련한."

"아련, 했나? 음." 나는 고개를 갸웃거렸다.

"뭐, 좀 감성 돋긴 했어요."

"감성 돋는다는 게 어떤 느낌이야? 마음이 뭉클했다? 아니면 애잔한 느낌?"

"으음…… 뭐랄까. 좀 슬프고 애잔한 느낌이요."

"아카네도 그런 사랑을 해보고 싶다는 생각을 해?"

"상상이야 가끔 하지만, 슬프게 끝나는 건 싫어요. 저는 못 견딜 것 같아요."

"그래, 그렇구나. 그럴 수 있지. 응, 알겠어."

선생님은 그런 식으로, 단편 하나하나에 대한 감상을 다양하게 물었다. 처음엔 좀 당황스러웠지만, 내가 느낀 감상에 선생님이 일일이 동의해주는 것이 어쩐지 재밌었다. "그러니까!" 하고 고개를 연신 끄덕이거나, "맞아, 나도 그렇게 생각했어!" 하고 테이블 앞으로 몸을 쑥 내밀기도 하고, "아카네 말이 맞아, 그건 아니지!" 하고 납득할 수 없는 이야기 결말에 불만을 토로하며 함께 웃었다.

"그럼, 마지막 단편은 어땠어? 그게 제일 감동적이지 않았어?"

"마지막 이야기는……."

나는 말을 하려다가 가슴속에서 무언가가 서서히 북받쳐 오르는 걸 느끼고 입을 다물었다. 감동적인 이야기였던 건 맞는 것 같지만.

"으음, 그건 별로였어요."

왠지 마음이 답답해져서 앞에 놓인 테이블로 시선을 떨구었다.

"그래?" 선생님은 조금 의아한 표정이었다.

"그보다, 얼른 답을 가르쳐주세요. 그 독후감은 대체 무슨 책에 대한 거예요?"

"가르쳐주는 건 문제가 아닌데." 선생님은 다정한 눈빛으로 부드럽게 웃으며 나를 바라보았다.

"근데 아카네는 이미 자기만의 독후감을 완성했어."

"네?" 무슨 말인지 이해가 되지 않았다.

"방금 한 것처럼 어느 부분은 재밌었고 어느 부분은 지루했다, 만약 내가 주인공이라면 어떻게 느꼈을 것 같다, 그런 식으로. 그걸 그대로 쓰면 훌륭한 독후감이 되는 거야."

"음……." 선생님이 한 말의 의미를 곱씹었다.

"……독후감을 정말 그렇게 써도 돼요?"

"물론이지. 아카네는 로맨스 소설을 기대했는데, 사랑을 테마로 한 이야기는 한 편밖에 없어서 아쉬웠다는 감상도 하나의 훌륭한 의견이야. 그건 아카네 고유의 것이니까."

"뭐, 그럴 수도 있겠지만, 그래도 귀찮아요. 시간도 없는데, 이제 와서 과제 도서를 언제 다 읽어요?"

"맞아. 원래 책은 독후감을 쓰려고 읽는 게 아니니까. 뭘 써야 하지? 하는 생각을 하면서 읽으면 어떤 작품이든 재밌게 몰입할 수가 없지."

"그러니까요! 그게 바로 본말전도라니까요."

"근데, 있잖아. 실은 아카네는 이미 과제 도서를 읽었어."

"네?"

"바로 이 책이야."

시오리 선생님은 책을 한 권 꺼내더니 테이블 위에 놓았다. 그 책은 분명 고다 선생님의 과제 도서 목록 프린트에 있던 책이었다. 지난번에 도서실에서 네 권을 비교하며 읽을 때 본 책 중 하나였다.

"저, 이 책 안 읽었는데요?"

"아카네한테 빌려준 건 하드커버 책이었잖아. 그 작품은 문고본으로 출간되면서 제목이 바뀌었어. 유명한 건 문고본 쪽이라 고다 선생님의 목록에 있는 것도 문고본이었던 거고."

"에? 그게 무슨 말씀이에요?"

"단행본이 문고본으로 나올 때 제목이 바뀌는 경우가 있어. 내용은 똑같은데 제목과 표지 디자인이 바뀌어서 전혀 다른 책처럼 보이지. 하지만 내용은 완전히 똑같거든. 그러니까 아카네는 이미 과제 도서를 다 읽은 셈이야. 선생님한테 충분히 감상을 들려줬으니까. 이제 아카네가 했던 말들을 글로 간략히 정리하기만 하면 돼."

순간 머릿속이 잠시 혼란스러웠다.

"혹시 제가 속은 거예요?"

"후후후." 선생님은 장난스럽게 웃었다.

"숙제라고 생각하면서 읽으면 독후감에 쓸 말을 고민하느라 내용이 머릿속에 들어오지 않잖아. 그보다 아주 재밌는 책이라고 추천받아 읽으면 그런 생각 없이 온전히 이야기를 즐길 수 있지."

이제야 상황이 이해되었다. 나는 어이가 없어서 헛웃음이 나왔다.

"그 독후감이 무슨 책에 대한 건지도 알려줄게. 그러니까 직접 독후감을 써서 제출할지, 아니면 꼼수를 쓸지, 그건 전력으로 아카네에게 달렸어. 그런데 있잖아……."

선생님은 종이 몇 장을 꺼내 탁자 위에 올려놓았다. 아무것도 쓰여 있지 않은 새 원고지였다.

"아카네는 독후감을 쓰는 일이 자신과 무관하다고 했지만, 꼭 그런 것만은 아닐 거야. 아카네도 자신의 기분과 감정을 말로 잘 설명할 수 없어서 답답할 때가 있지 않아?"

선생님은 마치 내 마음을 들여다보기라도 한 것처럼 부드럽게 웃으며 말했다.

"선생님도 그런 경험이 많았거든. 내가 뭘 느끼고 있는지 스스로도 정리가 안 돼서 나 자신이 어떤 사람인지 잘 모를 때가 있어. 그러니까 누군가에게 내 얘길 들어달라고 할 수도 없잖아. 그럴 때는 그런 감정을 노트에 쓰는 거야."

"노트에요?"

"응. 참 신기하게도, 자신의 감정을 글로 써내려가다 보면 마음을 정리할 수가 있거든. 뒤죽박죽 얽혀 있던 생각들이 서서히 풀리고 정리되어 가는 것처럼 말이야. 독후감을 쓰는 것도 마찬가지야. 내 감상을 정리하다 보면 어렴풋했던 정체가 보이기 시작할 거야. 그럼 그걸 누군가에게 표현할 수 있게 돼. 그 연습을 하는 거지."

"하지만 저는 어휘력이 부족해서 그런 건 못 써요."

"자기 자신의 말이면 충분해. 아카네가 느낀 감정은 아카네만의 것이니까. 그걸 마음속에만 담아두는 건 너무 아깝잖

아. 어쩌면 그 안에 예쁜 말이나 멋진 감정이 숨어 있을지도 모르는데 말이야. 그 감정을 구체적인 글의 형태로 만드는 과정에서 새로운 자신의 모습을 발견할 수도 있고, 누군가에게 영향을 줄 수도 있지. 품고 있는 감정을 밖으로 꺼내보지도 않고 없었던 일로 해버리는 건, 정말 너무 아깝다고 생각해. 이 원고지는 그런 아카네의 마음을 활자로 나타내주는 마법 같은 페이지야."

나는 시오리 선생님의 다정한 목소리를 들으며, 그녀의 손끝이 원고지의 여백을 부드럽게 쓰다듬는 모습을 바라보았다. 내 마음을 형태로 만들어주는 원고지. 스스로도 미처 깨닫지 못한 감정을 정리하고 글로 풀어낼 수 있는 공간.

정말 그럴까. 그런 것이 의미가 있는 걸까. 잘은 모르겠지만 막연한 무언가가 가슴속에서 부풀어 올랐다.

내가 아무 말이 없자, 선생님이 이어서 말했다.

"그랬구나, 아카네는 마지막 단편이 별로였구나."

선생님은 조금 의외라는 듯한 표정이었다.

나는 천천히 입을 뗐다. "그 이야기는……. 그러니까."

짜증이 났다. 화가 났다. 답답함이 터져 나오며 신음처럼 튀어나왔다.

"주인공 여자애가 엄마랑 사이가 좋아서."

뭐지? 손끝이 떨리는 바람에 샤프심이 똑 부러진 것처럼 내 입에서 나오던 말이 뚝 끊겨버렸다. 말이 잘 나오지 않았다. 왜 그런지 모르겠다. 머릿속에서 정리가 안 되었다.

선생님은 조용히 고개를 끄덕였다. 샤프를 딸깍딸깍 눌러서 심을 빼내듯, 나는 억지로 말을 밀어냈다. 얼굴이 화끈 달아올랐다.

"저랑은 너무 달라서, 그래서."

선생님, 제가 지금 무슨 말을 하는지 아시겠어요? 모르시겠죠? 나는 어휘력도 부족하고, 내 감정조차도 답답하기만 해서 나조차도 잘 모르겠어요. 그러니까……. 그런데 왜, 눈이 이렇게 뜨거워지는 거지?

"그랬구나." 선생님이 고개를 끄덕였다.

내 앞에 놓여 있던 원고지에 무언가가 툭 떨어지면서 얼룩이 생겼다.

"미안해, 많이 힘들었겠다."

나는 고개를 끄덕였다. 그리고 그제야 깨달았다.

아, 그렇구나. 그랬던 거구나.

"선생님은 아카네가 쓴 독후감을 읽고 싶어. 아카네의 마음을 알고 싶거든."

그 다정한 목소리에 가슴이 뭉클했다. 이제야 드디어 그 감정의 정체를 알 것 같았다. 나는 뺨을 타고 흐르는 눈물을 느끼며 입술을 꼭 깨물었다. 그 모습을 들키지 않으려고 안간힘을 쓰며 고개를 숙이자, 어이없게도 딸꾹질이 터져 나왔다. 하얀 원고지 칸을 하나씩 채워가듯 투명한 물방울이 뚝뚝 떨어졌다.

그래, 그랬던 거다. 나는 오랫동안 외로웠다.

*

샤프심이 부러졌다. 지우개를 너무 세게 문지른 탓에 살짝 구겨진 원고지 표면을 손으로 털어 문질렀다. 지우개 찌꺼기는 휴지로 싸서 휴지통에 버리고, 다시 샤프심을 채워 넣었다.

글을 쓴다는 건 역시나 성가신 일이다. 핸드폰으로 문자를 입력하는 것보다 몇십 배나 더 시간이 걸리는 것 같았다. 그래도 약속했으니 해야 한다고 스스로를 다독였다. 여전히 어휘력은 부족하고, 이상한 신조어를 썼다고 고다 선생님한테 혼날지도 모르지만, 시오리 선생님은 알아주지 않을까?

나는 시오리 선생님에게 말했던 책에 대한 감상을 하나하나 번호를 매겨 간결하게 쓰는 방식으로, 어설픈 문장으로 어찌어찌 원고지 칸을 채워갔다. 그리고 마지막 단편을 언급하며 엄마 이야기를 썼다. 일하느라 바쁜 엄마는 늘 집에 없고, 마지막으로 같이 시간을 보낸 것이 언제였는지 모르겠다, 그래서 소설 주인공이 무척 부러웠다고.

어느새 나는 책 내용과 관계없는 나의 감정을 쓰고 있었다. 하지만 숙제와 상관없다고 해서 이 글을 쓰레기통에 넣을 수는 없었다. 이 감정을 없었던 것으로 하고 싶지 않았다. 세 번째 장의 마지막 줄까지 열심히 글을 써내려갔을 때, 현관에서 소리가 났다. 나는 천천히 몸을 일으켜 방 밖으로 나갔다. 퇴근한 엄마가 구두를 벗고 있었다.

"다녀오셨어요." 엄마한테 인사를 건넸다.

엄마는 오늘도 피곤해 보였는데, 내 얼굴을 보더니 금세 걱정스러운 표정을 지었다.

"왜 그래, 무슨 일 있어?"

내가 잘 전할 수 있을까? 내 마음을 엄마에게 잘 표현할 수 있을까? 이제는 마음이 좀 정리된 것 같으니까, 괜찮을 거야.

하고 싶은 말이 정말 많다. 엄마한테 들려주고 싶은 이야기가 가득하다. 얼마 전에 읽은 소설 이야기, 그 소설을 추천해준 사서 선생님 이야기, 아일루와의 우정이라든가 교실에서 괴롭힘을 당하는 안쓰러운 친구의 이야기까지 모두 나누고 싶다. 엄마랑 같이 저녁을 먹으면서 소소한 대화를 나누고 싶다. 그리고 또…….

"있잖아, 엄마. 나 말이야……."

4.

하나기레 필 무렵

— 마미야 모에카 이야기

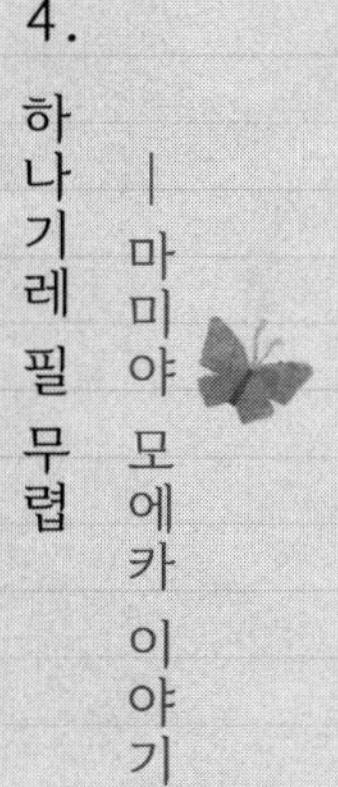

사랑은 왜 이토록 아픈 걸까.

그를 떠올릴 때마다 몸속 깊은 곳이 저릿저릿해지는 감각에 사로잡힌다. 애틋한 떨림은 심장을 통과해 양팔로 번지고 손끝마저 찌릿하게 나를 흔들어 놓는다. 이 막막한 감정에서 벗어나고 싶어 한숨을 내쉬지만, 그렇게 해서 마음이 가벼워진 적은 한 번도 없었다.

눈부신 그의 미소. 다정한 목소리. 그의 볼을, 그의 머리카락을 쓰다듬고 싶다.

방과 후, 여느 때처럼 도서실 접수대에 앉아 핸드폰을 들여다보며 깊은 한숨을 내쉬었다. 때마침 내 앞을 지나가던 시오리 선생님이 이런 내 모습을 보고 말았다.

"무슨 일 있어? 사랑 고민이라도 하는 사람 같네."

시오리 선생님은 부드럽게 웃었지만, 그 눈빛은 언제나 놀랄 만큼 예리했다.

"그런 거 아닌데요."

나는 당황해서 핸드폰 화면을 끄고 폰을 뒤집어 놓았다. 선생님의 예상이 완전히 틀렸다는 듯이 웃으며 부인했다.

"그래? 아쉽네."

뭐가 아쉽다는 건지 모르겠지만, 선생님은 아이처럼 해맑게 웃었다. 그러고는 턱 끝에 손가락을 살짝 갖다 댔다. 뭔가를 생각할 때마다 나오는 선생님의 버릇이다.

"사랑 고민이라면 선생님이 뭐든지 들어줄 수 있는데. 비밀 보장은 물론이고."

말은 저렇게 하지만, 선생님은 절대로 내 마음을 이해할 수 없을 거다.

사서실로 들어가는 선생님의 뒷모습을 지켜보다가 다시 핸드폰을 들고 잠금 화면을 해제했다. 화면을 멍하니 바라보면서 또다시 한숨을 쉰다. 이 마음을 누군가에게 털어놓을 수 있다면, 좀 편해질 수 있을까?

하지만 누가 이런 내 마음을 있는 그대로 이해해줄 수 있을까. 유일하게 내 마음을 알아주던 친구도 이미 내 곁을 떠나갔는데.

왜 우리는 좋아하는 대상을 마음대로 선택할 수 없는 걸까. 카페에서 좋아하는 케이크를 주문하듯 메뉴판을 가리키며 자신이 원하는 사랑을 신에게 요청할 수 있다면 좋을 텐데. 내가 하는 사랑은 문제가 좀 심각하다. 그와 나는 서로 다른 차원에서 살고 있기 때문이다. 내가 사랑하는 그 사람은 핸드폰 화면 밖 세상으로 나올 수 없다.

*

"이 포인트 카드, 너 줄게."

2학년이 되고 얼마 안 된 어느 날 방과 후였다. 도서실에서 접수대 일을 하고 있는데, 오랜만에 얼굴을 비춘 유나가 파란색 카드를 접수대 위에 내밀었다. 그 카드는 우리가 종종 같이 가는 애니메이션 굿즈 가게의 포인트 카드였다. 나는 이 행동이 무엇을 의미하는지 찬찬히 생각하며, 유나를 올려다보았다.

우리는 초등학교 때부터 친했고 마음도 잘 통했다. 같은 만화를 좋아하고, 같은 소설을 즐겨 읽고, 같은 애니메이션을 보고, 같은 성우를 좋아했다. 그리고 마침내 같은 사람을 좋아하게 되었다.

린도 렌.

그가 우리와 다른 차원에 산다는 것은 슬픈 일이지만, 유나와 함께 렌에 관한 이야기를 나눌 때면 정말 행복했다. 원작 만화가 정식으로 발매되는 날을 기다려 함께 사러 가고, 렌의 활약이 돋보이는 애니메이션을 내 방에서 같이 봤다. 그의 미소가 새겨진 굿즈를 사서 서로 보여주고, 뽑기를 하다가 같이 망하고, 유나가 졸라서 나는 그를 주인공으로 하는 2차 창작물인 팬픽까지 썼다.

그런데.

그랬던 우리가.

"어? 잠깐, 그게 무슨 뜻이야?"

"미안. 나, 다른 사람을 좋아하게 됐어."

우리는 마치 헤어지는 연인들이 할 것 같은 대사를 주고받았다. 어쩌면 그 비유가 꼭 틀린 것만은 아닐지도 모른다.

"좋아하는 사람이라니……. 어떤 캐릭터인데? 애니메이션? 만화? 게임?"

"아니. 3차원 인물이야."

유나는 수줍은 듯 미소를 띠며 그렇게 고백했다. 나는 한

동안 어리둥절한 기분으로 유나를 바라볼 수밖에 없었다.

중학생이 되고 유나와는 반이 달라졌다. 그러는 바람에 서로 어울리는 친구들도 바뀌었고, 예전보다 대화할 기회가 훨씬 줄어들었다. 메시지를 계속 주고받기는 했지만, 요즘 들어 유나는 내가 렌의 소식을 전해도 무성의하게 이모티콘만 보내올 뿐 대화가 지속적으로 이어지지 않는 경우가 많아졌다. 게다가 지난달엔 방영 중인 애니메이션 2기의 최신 에피소드를 아직 안 봤다고까지 했다.

"아이돌……이야?" 간신히 그렇게 묻자, 유나는 머쓱한 듯 고개를 저었다. 그러고는 볼을 붉적이며 슬쩍 시선을 돌리더니 작은 목소리로 속삭이듯 말했다.

"같은 반 남자애야……. 더 이상은 말하기 곤란해."

너무 놀라서 할 말을 잃었다.

유나의 변화는 어느 정도 눈치채고 있었다. 가끔 복도에서 마주치면 달라진 머리 모양이 눈에 들어왔다. 원래도 귀엽게 생긴 얼굴이었는데, 꾸미기 시작해서 그런지 갑자기 더 예뻐진 것 같았다. 새로 사귄 친구들의 영향을 받아서 그런 거라고 생각했다. 중학생이 된 뒤 유나는 늘 활기차고 시끌벅적한 아이들과 어울렸으니까.

하지만 그 추측은 전혀 다르게 빗나갔다.

"뭐야…… 그럼 이제 렌은 아무래도 상관없다는 뜻이야?"

"그건 아니지만……, 남자애들은 그런 거 좋아하는 여자애들을 싫어하잖아." 유나는 살짝 흐려진 표정으로 말했다.

"그러니까 남은 건 너에게 줄게."

미안, 하고 유나는 도서실을 나갔다. 나는 말문이 막힌 채 멍하니 유나의 뒷모습이 사라질 때까지 쳐다봤다.

유나와 내가 평범한 남자애를 좋아했었다면 유나가 그 마음을 접는다고 해도 크게 타격감이 없었을 거다. 오히려 라이벌 한 명 줄었다며 가볍게 웃을지도. 하지만 우리가 좋아하는 대상은 그런 것과는 차원이 너무 달랐다. 라이벌은 이미 무수히 많았고, 아니 애초에 라이벌이라고 생각하는 것 자체가 우스운 일이었다. 그와 실제로 사귈 수 있는 사람은 이 세상 어디에도 없으니까. 어차피 내 사랑은 처음부터 이루어질 수 없는 운명이었다. 그래서 나는, 적어도 이 마음을 나눌 수 있는 사람이 필요했던 건지도 모른다.

잠시 후, 화장실에 다녀왔는지 자리를 비웠던 도서부원 사타케가 돌아와서 나를 보더니 고개를 갸웃거렸다. 별로 친하지 않은 아이라 괜히 어색해서 시선을 피했다.

지금 나는, 어떤 얼굴을 하고 있었을까.

유나가 사랑에 빠진 상대는 2학년 C반의 세야 리쿠토였다. 키 크고 다정하고 성격도 좋은 데다, 2학년이 된 지 얼마 되지 않았는데 벌써 농구부 에이스로 활약 중이었다. 그야말로 만화 속에서나 나올 법한 완벽한 캐릭터였다. 당연히 여자애들에게 엄청난 인기가 있었다. 그래서 유나가 그 애를 좋아하는 것을 두고 건방지다느니, 주제를 모른다느니 하면서 욕하는 여자애들이 적지 않았다.

골든위크를 맞이할 즈음에는 유나와 주고받는 문자도 극도로 줄어들었다. 유나는 이제 렌에게 아예 관심이 없었다. 내가 아무리 열정적으로 렌의 최근 활약상을 얘기해도 대화가 이어지지 않았다. 나 역시 유나의 문자에 어떻게 답해야 할지 모르겠는 게 많아졌다. 유나는 주로 쉬는 시간에 남자애와 나눌 이야기, 골든위크 때 가족여행 가서 사 올 선물 같은, 내 관심 밖의 얘기들만 보냈다. 유나의 문자들은 다른 차원의 존재를 좋아하는 내 마음을 바늘처럼 콕콕 찔러댔다. 어떤 때는 답장을 보내는 대신 그냥 포기해버리면 편할 텐데, 하고 마음속으로 말할 때도 있었다.

현실의 사랑 따위 이루어질 리 없어. 얼마 전까지 렌에게 빠져 있던 네가 어떻게 진짜 연애를 할 수 있겠어?

함께 렌을 좋아하는 친구가 사라졌다는 사실만으로도 중학교 2학년의 생활이 온통 지루하게 변해버린 것만 같았다. 반 친구들이나 도서부원 친구들에게는 렌 이야기를 털어놓지 못했다. 어떤 반응이 돌아올지 전혀 알 수 없기 때문이다.

이렇게 홀로 힘들어하는 나를 내버려두고, 유나는 훌쩍 떠나갔다. 처음엔 금방 포기하고 돌아올 줄 알았다. 하지만 복도에서 우연히 마주칠 때마다 유나는 즐겁게 웃고 떠들며 점점 더 예쁜 미소를 지어갔다. 유나가 어떤 남자애랑 친근하게 이야기하는 모습을 몇 번 보기도 했다. 키 크고 잘생긴 그 남자애가 아마도 현재 유나의 '최애'인 세야인 것 같았다. 그와 나란히 서서 장난치는 유나의 찰랑거리는 머릿결은 눈부신 햇살을 받아 더욱 반짝였다.

아무도 없는 방과 후의 도서실. 나는 접수대 안쪽 테이블에 앉아 노트를 펼치고 펜으로 무언가를 썼다. 어릴 때부터 글 쓰는 걸 좋아했다. 독후감은 내 특기였고, 그런 나에게 글재주가 있다고 말해준 사람이 유나였다. 유나의 말에 힘입어 남에게 보여주기엔 부끄러운 소설을 쓰기도 했지만, 이제는 그걸 읽어줄 사람이 없다. 그래도 나는 혼자만의 시간을 찾아, 나만의 상상을 조금씩 노트에 써내려갔다.

상상 속에서라면 나는 렌을 만날 수 있다. 그의 웃는 모습을 바로 눈앞에서 볼 수 있고, 달콤하게 속삭이는 그의 목소리를 귀로 들을 수 있다.

모에카, 무슨 일 있어? 오늘 왠지 쓸쓸해 보이네.

"소설이야?"

"앗, 뭐, 뭐야!"

갑자기 들려온 목소리에 나는 괴성을 지르며 현실로 돌아왔다. 접수대 너머에 서 있던 시오리 선생님이 펼쳐 놓은 내 노트를 들여다보려고 하고 있었다.

"아니에요!" 나는 서둘러 노트를 덮었다. 얼굴이 화끈 달아오르는 걸 느끼며 침이라도 튀길 기세로 시오리 선생님에게 항의했다.

"마, 맘대로 보지 마세요! 이, 이건 독후감 숙제예요!"

"미안, 미안." 시오리 선생님은 웃으며 말했다.

"근데 왜 원고지에 안 쓰고 노트에 써?"

수상하다는 듯 눈썹을 살짝 찌푸리는 시오리 선생님.

"이, 일단 시험 삼아 써보는 거예요."

나는 당황한 나머지 상황을 얼버무리기 위해 다른 화제를 꺼냈다.

"그 과제 도서 말인데요, 우리 반에 배정된 책은 일단 세 권 읽었어요. 근데 그거 선생님이 고르신 거죠?"

"우와, 세 권이나? 역시, 마미야는 다독가구나."

선생님은 눈을 동그랗게 뜨고 말했다. 이대로 화제를 이어간다면 잘 넘어갈 수 있을 것 같았다. 안 그래도 점심시간에 사서실에서 시오리 선생님과 이 이야기를 하고 싶었는데, 요즘 들어 선생님이 점심시간에 자리를 비울 때가 많아 기회를 놓치고 있었다.

국어 담당인 고다 선생님은 엄격한 데다 해마다 어려운 책을 선정해 독후감을 쓰게 해서 악명이 높았다. 그나마 다행인 건 학생들에게 읽히는 책은 재밌고 친근해야 한다는 취지에서 몇 권은 시오리 선생님이 고른다는 거였다. 시오리 선생님이 추천하는 책은 다 쉽고 재밌어서 언제나 믿고 읽는다. 나는 그 중에서 세 권을 골라 읽었다. 하나같이 재밌는 책들이라, 역시 이건 시오리 선생님이 고른 게 틀림없다는 확신이 들었다.

한 번에 많은 인원이 같은 책을 대출해서 읽어야 하기 때문에 시내 도서관에 같은 책이 여러 권 구비되어 있는 책들 중에서 고르는 듯했다. 그런데도 모든 반에 동시에 실시하면 책이 부족할 수밖에 없기 때문에, 책 선정이나 과제 출제 시기는 반마다 조금씩 다르게 정해졌다.

지난주 도서관에서 대량으로 도착한 상자들을 분류하는 작업을 막 도와서 끝낸 참이었다.

"무슨 책으로 독후감을 쓸지 정했어?"

"음, 일단 두 권으로 추렸어요."

쓰려고 생각 중인 한 권은 독후감을 쓰기가 어려워 보였다. 서술 트릭이 구사되어 있어 스포일러를 피해서 쓰려면 표현을 고를 수밖에 없다. 어쩌면 다른 아이들은 별로 신경 쓰지 않고 쓸지도 모르지만 나는 그런 게 너무 신경 쓰였다. 이렇게 독특한 책을 과제 도서로 고른 사람은 추리소설을 좋아한다는 시오리 선생님이 틀림없다.

"도서실 지키느라 수고했어." 시오리 선생님이 웃었다.

"4시 지났네. 집에 가도 좋아."

"네, 그럼 갈게요. 안녕히 계세요."

사서실로 들어가려던 선생님이 문득 뒤를 돌아보았다.

"마미야는 글재주가 있어서 소설도 잘 쓸 것 같아."

"아니, 그런 거 아니라니까요."

역시나 시오리 선생님은 벌써 눈치챈 것 같았다. 나는 가방에 짐을 쑤셔 넣고 도망치듯 복도를 걸었다.

글재주라면 유치한 팬픽밖에 써본 적이 없어 모르겠지만,

소설가를 목표로 해보는 것도 나쁘진 않을 것 같다. 만약 인기 작가가 된다면 쓰고 싶은 글을 쓰면서 렌의 이야기도 계속 쓸 수 있을 텐데. 내가 좋아하는 여성 작가도 나랑 같은 나이에 등단했으니까 나도 그럴 수 있지 않을까?

집에 가기 전, 화장실에 들러 이런 상상의 나래를 펼치고 있는데, 여자애 둘이 소란스럽게 들어와 수다를 떨기 시작했다. 귀에 익은 목소리. 같은 반 애들이었다.

"마도카 엄청 열 받은 것 같던데."

"내 말이. 리쿠토 때문이지?"

"왜? 무슨 일 있었어?"

"유나가 리쿠토한테 고백할 것 같은데, 그걸 마도카가 알았나 봐."

"진짜?"

"마도카 말이야, 초등학생 때부터 쭉 리쿠토만 짝사랑했잖아. 그런데 유나가 먼저 선수쳐서 고백해버리면 가만히 안 있을걸."

"진짜? 초등학생 때부터라니. 마도카가 짝사랑 할 스타일은 아닌데. 그렇게 화나면 차라리 먼저 고백해버리지."

"내 말이. 아카네, 조심해. 괜히 유나 편을 들었다가는 미사키처럼 될 테니까."

"어? 아, 응, 그렇지······."

둘은 그 말을 끝으로 화장실을 나갔다. 마도카라면, 우리 반의 호시노 마도카를 말하는 게 틀림없다. 내가 가장 싫어하는 애.

호시노는 학급은 물론 학년 전체에서 인정하는 이른바 '여왕님'이다. 공부도 잘하고 실행력도 있어서 선생님들도 인정한다. 얼굴도 예쁘장해서 잡지 모델을 한다는 얘기가 있다. 당연히 애들한테도 인기가 많다. 이렇게 말하면 마도카가 굉장히 괜찮은 애 같지만, 실제로는 아주 교묘하고 잔인하다. 애의 심기를 건드리기라도 했다가는 모두가 암묵적으로 동조하는 분위기 속에서 교실에서 무슨 일을 당할지 모른다.

실제로 골든위크가 시작되기 전쯤부터 호시노 무리에 있던 미사키가 희생양이 되었다. 도대체 무슨 일이 있었는지 모르겠지만, 교실 전체가 미사키의 존재를 무시하고 괴롭히고 비웃었다. 미사키가 불쌍하긴 하지만, 호시노와 아무 관련이 없는 나라도 그 뜻에 반하는 듯한 행동을 했다가는 내가 그다음 표적이 될 수도 있어 선뜻 나설 수가 없었다.

아까 그 애들이 했던 얘기에는 호시노, 세야, 그리고 유나의 이름이 등장했다. 호시노가 세야를 오랫동안 짝사랑해왔는데, 갑자기 유나가 끼어들어 적극적으로 호감을 표시하고 결국엔 고백할 결심까지 했다는 얘기였다. 호시노는 유나에게 세야를 빼앗기게 될지도 모른다. 그렇게 되면 '호시노 여왕님'의 무시무시한 화살촉이 유나에게 향할 거다…….

유나는 이런 상황을 알기나 할까? 어쩌면 유나네 반에는 미사키와 관련된 잔혹하고 교묘한 학교 폭력의 실상이 아직 알려지지 않았을지도 모른다. 호시노에 대해서도 그냥 예쁜 애라고만 생각하고 있을 가능성이 있다. 어떡하지? 유나에게 세야를 포기하라고 말해줘야 하나?

유나는 나를 배신하고 저 멀리 떠나갔는데……. 그 정도의 벌은 받아도 되지 않나. 내 마음 깊은 곳에서 추악한 목소리가 그렇게 속삭였다. 나는 이내 스스로에게 두려움을 느꼈다.

*

여름이 성큼 다가온 어느 토요일이었다. 오늘은 렌의 새로운 굿즈가 나오는 날이라 애니메이션 굿즈 가게에 가려고 집을 나섰다. 그동안 늘 함께였던 유나는 이제 내 옆에 없다. 유나는 내게 포인트 카드를 주었다. 앞으로 굿즈를 살

일은 없을 거라는 듯이. 렌은 더 이상 유나에게 소중한 존재가 아니다. 그토록 좋아했던 애를 어쩜 그렇게 하루아침에 싹 지워버릴 수 있지? 세야가 그렇게 멋있나? 렌보다 다정하고, 렌보다 달콤한 목소리를 가졌나?

답답한 마음으로 전철역까지 터벅터벅 걸었다. 햇볕이 너무 강렬해서 피부가 타버릴 것만 같았다. 여름방학이 코앞으로 다가왔다.

"모에카."

누군가 부르는 소리에 뒤를 돌아보았다. 그 순간, 나는 넋나간 사람처럼 잠시 멍하게 서 있었다. 뒤에서 나를 부르며 달려온 건 유나였다.

사복 입은 유나는 꽤 오랜만에 본다. 그런데 내가 알던 모습과 달리 그새 어딘가 화려하고 고등학생처럼 성숙한 느낌을 풍겼다. 마치 하이틴 잡지 속 모델 같았다. 인상적인 노란색 헤어밴드가 시선을 끌었는데, 얼굴이 예뻐서 그런지 은근히 잘 어울렸다.

나는 눈을 깜빡거리며 뛰어오는 유나를 기다렸다. 내 앞에 다가온 유나가 숨을 고르듯이 무릎에 손을 짚자 헤어밴드를 장식하는 리본이 살짝 흔들렸다.

"유나."

"모에카, 역 가는 거지?"

"응! 역시 유나도 렌의……." 나는 벅찬 마음에 숨을 몰아쉬며 기쁜 표정으로 말했다.

"새로 나온 굿즈 사려고?"

유나는 씩 웃더니 팔랑팔랑 손을 저으며 말했다. 마치 내가 표현한 기쁨을 털어내기라도 하듯이.

"나는 놀러가는 길이야. 중간까지 노선이 같으니까 전철 탈 거면 같이 가자."

"아, 그렇구나……."

우리는 역까지 나란히 걸었다. 그동안 몇 번이고 같은 길을 걸으며 렌을 비롯한 캐릭터들과 애니메이션, 만화 이야기로 깔깔 웃었지만, 오늘 우리 사이에는 침묵만 흘렀다.

몇 번이나 고개를 들어 유나의 옆모습을 몰래 보았다. 유나가 내 시선을 바로 알아차리고 미소를 지었다. 그 눈매가 살짝 평소와 다르게 보였다. 반짝반짝 빛나는 것이, 아마도 화장을 한 것 같았다. 나는 화장을 해본 적이 없다. 아직 중학생이라서가 아니라 관심이 없기 때문이다. 고등학생이 되어서도 그럴 것 같다. 화장한 내 모습은 상상이 가질 않는다.

"화장했어?"

"아, 응." 유나가 쑥스러워하며 고개를 끄덕였다.

"괜찮아? 어울려?"

나는 대답 대신 화장법은 언제 익혔냐고 물었다.

"아일루가 가르쳐줬어. 걔, 네일아트 같은 거 진짜 잘하거든."

"아일루?"

"어? 모에카랑 같은 반 아니야?"

그러고 보니 그런 별명으로 불리는 애가 있는 것 같다.

"나랑 1학년 때 같은 반이었거든."

"그렇구나……."

유나에게는 그런 친구가 오래 전부터 있었던 거다. 갑자기 유나의 존재가 아득히 멀어져가는 기분이 들었다. 마음 한구석에 유나가 멀어졌다고 생각은 했지만, 지금은 그 느낌이 확실해졌다. 어쩌면 유나는 이미 오래전부터 나와 다른 세계에 있었는지도 모른다. 오직 나만 이 '일그러진 사랑'을 품은 채 홀로 살아가고 있는 거다.

우리는 말없이 개찰구를 지나 플랫폼을 걸었다. 그러다가 누가 먼저라고 할 것도 없이 나란히 벤치에 앉았다. 다음 전철이 올 때까지 아직 시간이 꽤 남았다.

왜 이렇게 답답하고 말이 안 나오는 거지? 오랫동안 친구였던 우리가 지금은 할 이야기가 아무것도 없다니…….

나는 유나를 바라보았다. 유나가 내 시선을 알아차리고 웃었다. 조금 전과 비슷한 패턴이었다. 나는 뭐라도 할 말을 찾아야겠다고 생각하며 유나의 헤어밴드로 시선을 돌렸다.

"그 헤어밴드."

"아, 이거?" 유나가 머리에 손을 댔다.

"내가 좋아하는 애가," 유나가 쑥스러워하며 말했다. 소중한 비밀을 속삭이기라도 하는 것처럼.

"이런 거 잘 어울리는 여자애가 좋다고 해서."

비밀을 공유하는 건 원래 기쁜 일이어야 했지만, 그 말은 마치 내 마음을 손톱으로 할퀸 것처럼 쓰라리게 했다.

유나는 이제 어른스러워 보였고, 나 같은 애랑 어울릴 이유가없는 밝은 세계를 살아가고 있었다. 평범한 사랑을 할 자격이 있는 그런 소녀가 된 것 같았다.

"그 애가, 세야 리쿠토야?"

내가 그렇게 묻자 유나는 깜짝 놀라 눈을 동그랗게 뜨면서 행복한 미소를 지으며 고개를 끄덕였다. 렌 애기를 할 때도 그런 미소를 보인 적은 없었으면서.

"그 애의 어떤 점이 좋은데?"

"착하고 성격이 좋아. 활짝 웃을 땐 강아지처럼 귀여워."

말하면서 유나는 밝게 웃었다.

나는 이렇게 아프고 슬픈데, 유나는 내가 소중히 여겨온 것들을 마치 진짜가 아니라고 선언하듯 자신의 사랑을 내 앞에 내밀었다.

잠깐의 정적이 흐르고, 내가 입을 열었다.

"세야는, 그냥 포기하는 게 좋지 않을까."

순간, 유나가 멈칫하는 기색이 느껴졌다. 이어서 나를 바라보며 눈을 커다랗게 떴다.

"왜?"

왜냐고?

그러게. 나는 왜 유나에게 이런 말을 하는 걸까? 호시노에게 무슨 일을 당할지 모르니까? 우리 반 미사키처럼 될지도 몰라서? 정말 그게 다일까? 내 안에서 점점 부풀어 오르는 이 감정의 정체는 그런 단순한 걱정 때문만은 아닌 것 같았다.

포기하는 게 좋을 거야. 상대가 누구든, 호시노랑 관련이 있든 없든, 그냥 포기하는 게 좋겠어. 진짜 사랑이니 뭐니 하면서 너만 빠져나가는 건 치사하잖아.

"어쨌든…… 그만둬. 유나한테 안 어울려, 그런 애."

"왜 그런 말을 하는 거야?"

나는 유나의 큰 눈동자에 새로운 빛이 서서히 깃들어가는 것을 보았다. 그 빛이 일렁일렁 흔들린다.

"그야……."

나는 아무 말도 할 수 없었다. 나 대신 말을 꺼낸 건 유나였다.

"모에카한테는 거짓말하고 싶지 않으니까 그냥 말할게."

결연한 표정으로 유나는 나를 향해 몸을 돌렸다.

하지 마. 아무 말도 듣고 싶지 않아.

"나, 이미 세야랑 사귀고 있어."

그 말에, 나라는 존재가 비난받고 밀쳐지는 것 같은 기분이 들었다.

"실은 오늘도 세야랑 데이트하기로 했어. 정말 좋은 애야. 그러니까, 그런 말은 하지 마."

"그럼 렌은?"

"……언제까지고 현실에서 도망칠 수는 없잖아."

그 순간, 나는 얼굴이 벌게진 채 소리를 지르고 싶은 충동에 휩싸였다.

"뭐라고?"

나는 말이 서서히 빨라지기 시작했다.

"도대체 넌 세야 같은 애가 왜 좋다는 거야? 렌보다 세야가 좋다는 거야? 어떻게 그렇게 쉽게 마음이 변할 수 있어?

그런 마음이 오래갈 리 없잖아! 렌에게 질린 것처럼 분명 세야한테도 곧 질리게 될 거야. 네가 좋아한다는 그 감정은 그 정도밖에 안 되니까!"

아, 이게 아닌데. 왜 이러지. 내가 진짜 하고 싶은 말은, 전하고 싶은 마음은, 이런 게 아니야.

"왜 말을 그렇게 해?"

"강아지 같은 얼굴이 뭐가 좋다는 거야? 그럼 개랑 사귀면 되겠네!"

나는 벌떡 일어나 그렇게 소리치고 있었다. 플랫폼으로 전철이 미끄러지듯 들어오고 있었다. 유나의 눈빛이 크게 흔들리더니 그 말에 반응하듯 자리에서 일어나 나를 노려보았다.

"너야말로 언제까지 '가짜 사랑'에 빠져 있을 건데? 그런 취미는 유치하고 징그러울 뿐이야!"

뭐라고? 어떻게 그런 말을 할 수 있어?

하지만 나는 아무런 대꾸도 하지 못한 채, 이를 악물고 발길을 돌렸다. 플랫폼을 달려 계단을 올라가 개찰구 쪽으로 도망쳤다. 유나는 더 이상 말을 하지 않았고, 나를 뒤따라오지도 않았다.

개찰구를 빠져나갈 때 자꾸 에러가 나서 역무원에게 사정을 해야 했다. 그런 내 모습이 너무 구차하고 한심스러웠다.

알고 있었다. 내가 하는 사랑이 진짜가 아니라는 거. 남들이 보기엔 그저 현실도피에 지나지 않는, 이상한 취미일 뿐이라는 것을.

그런데도 이제 와서 이 마음을 버릴 수가 없다. 마치 저주 같다고도 생각했다. 하지만 나도 내 마음을 어쩔 수 없는 걸 어떡하겠어.

비참한 마음을 위로하듯이 나는 렌 생각만 하며 하루하루를 나태하게 흘려보냈다. 학교에 가는 게 너무너무 귀찮고 싫은 아침에도, 렌을 생각하면 조금은 긍정적인 기분이 들었다. 지금도 그렇다.

지루한 수업 시간, 쏟아지는 하품을 참으며 덩그러니 비어 있는 창가 자리를 바라보았다. 평소 그 자리에 앉는 아이가 오늘 학교에 오지 않았다. 거기는 미사키 자리였다.

그 애한테 무슨 일이 있는 걸까? 어쩌면 호시노의 괴롭힘을 견디지 못하고 결국 학교에 오는 걸 포기해버렸을지도 모른다.

나는 그 빈자리에 렌이 앉아 있다면 어떨까 상상했다. 밝고 시원시원하고 정의감이 넘치는 그라면, 분명 호시노의 횡포를 멈추게 할 수도 있을 텐데.

하지만 현실에는 그런 렌이 존재하지 않는다.

복도를 걸었다. 유나와 세야가 나란히 웃으면서 걸어가는 모습이 보인다. 나는 시선을 돌려 내 옆에서 나란히 걷는 렌을 상상했다.

"왜 그래, 모에카. 기운이 없어 보이는데, 괜찮아?"

나는 고개를 들고 웃으며 말한다.

"당연히 괜찮지……."

왜 그랬을까. 나는 욕실에서 울고 있었다.

"모에카, 목욕을 너무 오래 하는 거 같은데, 괜찮니?"

엄마가 욕실 밖 세면대 쪽에서 말을 걸어왔다. 나는 얼른 눈가를 닦고, 잠긴 목소리로 괜찮다고 대답했다. 그러고는 김이 서린 욕실 거울을 뚫어지게 쳐다보며 입술을 꼭 깨물었다.

목욕을 마치고 나와서 엄마에게 저녁 인사를 한 뒤 방 안에 틀어박혔다. 침대에 누워서 핸드폰 홈 화면으로 설정해 둔 렌의 얼굴을 가만히 바라보았다.

왜, 너는 이 세계에 없는 거야. 유나가 좋아하는 사람은 이 세계에 존재하는데. 왜 나는 너를 좋아하게 됐을까. 처음 너를 알게 되었을 때 가슴이 두근거리지 않았으면 좋았을걸.

가슴이 찢어질 듯 아프다. 나는 베개에 얼굴을 묻고, 울음소리가 새어나가지 않도록 조용히 하염없이 울었다.

*

시끌벅적했던 도서실이 어느새 고요해졌다. 오늘은 도서실 당번이 아니었지만, 곧장 집으로 갈 기분도 아니어서 접수대 안쪽 자리에 앉아 한동안 소설을 읽었다. 그러다 지겨워져서 턱을 괴고 무심히 도서실 풍경을 관찰했다.

"린, 이것 좀 옮겨줄래?"

조용한 도서실 안에 시오리 선생님의 느슨한 목소리가 울려 퍼졌다. 이름이 불린 도서부원이 시오리 선생님이 안고 있던 책을 받아든다. 그 애랑은 얘기해본 적이 없지만, 렌과 같은 한자를 쓰는 이름이라는 것만으로도 은근히 부러웠다.

장마철이라 어느새 비가 내리고 있었다. 나는 턱을 괸 채, 창문을 두드리는 빗방울 소리를 들으며 멍하니 창밖을 바라보았다.

그 후, 유나가 세야와 헤어졌다는 소문을 들었다. 무슨 일이 있었는지는 모른다. 다만, 복도 한쪽 구석에서 눈이 빨개질 정도로 울고 있던 유나를 멀리서 본 적이 있다. 나는 아무 말도 할 수 없었다. 그런데도 마음 한구석에서 '봐, 내 말이 맞지?' 하고 스스로의 승리를 확인한 듯한 기분이 들었다. 나는 그런 자신이 너무나도 비열하게 느껴졌다.

유나와는 플랫폼에서 헤어진 그날 이후로 말 한 번 섞지 않았다. 복도에서 우연히 마주칠 때도 있었지만, 예전의 그 미소는 사라지고 없어 전혀 다른 사람처럼 보였다. 아마 앞으로도 계속 그렇겠지. 예쁜 헤어밴드를 하고 환하게 웃던 소녀는 이제 어디에도 없다.

어느새 도서실은 아주 고요해졌다. 도서부원도, 책을 빌리러 온 아이들도 모두 다 돌아가고 도서실에는 나 말고는 아무도 없었다. 접수대에 앉아서 컴퓨터 작업을 하고 있던 시오리 선생님이 문득 동작을 멈추고 나를 바라보았다.

"늦었는데. 마미야, 괜찮아?"

"네, 괜찮아요. 비 그칠 때까지만 있을게요. 곧 그칠 것 같아요."

"그래."

아무 책이라도 읽어야겠다 싶어 자리에서 일어났다. 서가로 가려다가 반납대에 놓인 책 한 권이 눈에 들어와 집어 들고 표지를 살폈다. 제목도 디자인도 어딘가 밋밋하고, 표지 안쪽에 적힌 줄거리도 전혀 매력적이지 않았다. 딱 봐도 재미없을 것 같은 책이었다. 그런데도 왠지 마음이 끌렸다. 내가 좋아하는 작가가 언젠가 이 책을 언급하며 '좋아하는 책'이라고 했던 게 생각났고, 얼마 전에 미사키가 이 책을 빌려가는 걸 본 적이 있었기 때문이다.

"어머, 마미야. 그 책 마음에 들어?"

어깨가 뭉쳤는지 팔을 돌리며 시오리 선생님이 다가왔다.

"아뇨, 그냥, 좀."

"그거, 정말 좋은 책이야."

나는 손에 든 책을 뒤집어 보며 표지를 다시 확인했다. 아마 최근 몇 년 사이에 나온 책인 것 같았다. 그렇게 오래된 책은 아닌 듯하다.

"뭔가 좀 수수한 느낌이네요."

"그럴지도 모르지." 시오리 선생님이 웃으며 말했다.

"나는 하나기레인 이 은색 천이 포인트를 줘서 좋더라고. 보호 필름이 씌워져 있어서 잘 안 보일 수도 있지만, 표지의 촉감에도 꽤 신경 쓴 게 보이거든."

"하나기레가 뭐예요?"

"아, 여기, 이 부분."

선생님은 내가 들고 있는 하드커버 책의 한 부분을 손가락으로 가리켰다. 책등의 위쪽에는 끈으로 된 책갈피가 달려 있는데, 하나기레란 그 책갈피가 붙어 있는 부분을 의미했다. 그곳에 아주 얇은 은색 천이 상단의 약간 구부러진 모양에 맞춰 아치형으로 붙어 있었다. 확실히 그 부분만 반짝반짝 빛이 나서, 밋밋한 이 책에 은은한 멋을 더해주고 있었다.

"이 부분을 하나기레라고 해요?"

"응. 한자로는 꽃 화(花)자에 헝겊을 뜻하는 포(布)자를 써. 하드커버 책에는 거의 다 붙어 있어. 예전엔 책을 만들 때 종이로 실을 꿰매서 책등을 엮었는데, 그 실이 여기서 살짝 보이면서 그 자체가 장식처럼 보였던 거지."

"예전에 그랬다는 건 지금은 다르다는 건가요?"

"응. 지금은 실이 아니라 풀로 붙이기 때문에 여기서 보이는 건 안타깝게도 가짜 장식이야. 하지만 책을 장식하는 요소 중 하나라 아직 남아 있는 거지."

"책에 이런 게 있는 줄 전혀 몰랐어요."

나는 반신반의한 마음으로 반납대에 있는 다른 하드커버 책을 집었다. 역시나 거기에도 빨강, 파랑, 초록 등 책 표지 색깔에 맞춘 하나기레가 살짝 보였다.

"그럴 수 있지. 문고본에는 없으니까 보통은 거의 눈치를 못 채거든." 시오리 선생님이 키득키득 웃으며 말했다.

"그런데 가끔 포인트를 주는 색깔이 있어서, 그런 걸 발견하면 괜히 기분이 좋아. 책장에 꽂혀 있는 책에 손가락을 대고 살짝 책등을 당겨 꺼낼 때 여기가 슬쩍 보이거든. 은은하게 멋을 부린 느낌이랄까."

"근데 왜 꽃무늬 천(花布)이라는 이름을 붙인 거예요?"

"음, 글쎄. 나도 정확한 유래는 모르겠어. 일본어 특유의 운치 있는 표현인 것 같아. 영어로는 '헤드밴드'라고 하는데."

헤드밴드라면, 머리에 하는 장식을 말하는 거겠지. 아치 모양으로 살짝 구부러진 그 장식을 보자 나도 모르게 그날 유나가 머리에 하고 있던 헤어밴드가 떠올랐다. 나도 모르게 표정이 일그러졌다.

시오리 선생님이 그걸 놓칠 리가 없다.

"왜 그래?"

"아니에요, 아무것도."

나는 책을 그대로 내려놓고, 자리로 돌아갔다.

괜찮아, 괜찮아. 나에겐 렌이 있잖아. 괜찮아.

자리에 앉아 핸드폰 화면 속 렌의 얼굴을 가만히 들여다보았다.

나는 외롭지 않고 힘들지도 않아. 내 사랑은 가짜가 아니야. 이렇게 날 위로해주잖아.

"그 아이가 마미야의 최애캐야?"

뒤에서 들려온 목소리에 화들짝 놀라 휙 뒤를 돌아보았다. 미안해하는 표정의 시오리 선생님과 눈이 마주쳤다.

"미안." 선생님은 아까 그 책을 품에 안은 채 부드럽게 미소 지었다.

"모에카가 왠지 좀 슬퍼 보여서. 걱정돼서 와봤어."

"아, 이건, 그……, 아무것도 아니에요."

선생님은 분명 이해하지 못할 거라 생각했지만, 핸드폰을 잡은 손에 힘이 들어갔다.

"선생님…… '최애캐'라는 말을 아시네요."

"당연히 알지. 내가 중학생일 때는 그런 말이 없었지만, 나도 한때 만화 캐릭터에 푹 빠져서 장난 아니었어. 굿즈랑 CD 같은 걸 사느라 맨날 용돈이 부족했으니까."

살짝 쑥스러운 듯 웃는 선생님의 말이 믿기 어려웠다.

"거짓말. 못 믿겠어요."

"어? 왜?" 선생님이 눈을 동그랗게 떴다.

"…왜…냐고요?"

"웬만한 여자애들은 한 번쯤 다 겪는 통과의례 아니야?"

"……그런가요……?"

하지만 교실 안에서 시끄럽게 웃고 떠드는 여자애들은 다들 현실 속 누군가를 좋아하고 있을 거고, 나처럼 존재감 없는 아이는 드문 경우일 것이다. 게다가 언제나 웃는 얼굴로, 모두에게 사랑받는 시오리 선생님은, 굳이 말하자면 교실에서 햇살을 받으며 반짝이는 주류에 더 가까워 보였다.

내가 그렇게 말하자 선생님은 민망한 듯 웃었다.

"그렇지 않아. 나도 어릴 때는 내성적인 성격이었거든. 교실에 있지 못하고 맨날 도서실에 틀어박혀 만화책만 읽곤 했어."

"만화책만요?"

"그렇다니까. 오죽하면 사서 선생님이 질려서 소설도 좀 읽어보라고 권했을까. 아무튼 그때부터 소설에 푹 빠졌어. 청춘소설이나 추리소설에도 멋있는 남자애들이 나오잖아? 오히려 그게 더 상상을 자극한달까."

"그렇군요."

선생님은 손가락을 턱 끝에 대고 마치 그 시절을 떠올리듯 아득한 눈빛을 띠었다. 나는 무릎 위에 올려둔 핸드폰을 꼭 쥐고 말했다.

"선생님."

“응?”

“만화 속 캐릭터를 좋아하는 건…… 역시 이상한가요?”

그 말을 꺼내는 데는 용기가 필요했다. 핸드폰을 쥔 손에 또 힘이 들어갔다.

“누굴 좋아하는 건 마음대로 되는 문제가 아니잖아.”

선생님은 낮게 한숨을 내쉬며 내 옆에 놓인 의자에 앉았다. 그러고는 책장이 있는 쪽을 바라보며 손에 든 단행본을 한 손으로 만지작거리며 말했다.

“내 생각엔 말이지, 사랑에는 두 단계가 있는 것 같아.”

“두 단계요?”

“응. 누군가를 좋아하게 되고, 그 감정을 어떻게 받아들여야 할지 몰라서 막막한 첫 번째 단계. 그리고 사랑이 이루어진 뒤에 서로를 바라보며 몰랐던 것들을 하나씩 알아가는 두 번째 단계.”

“그럼, 첫 번째 단계는 짝사랑 같은 거네요.”

“그래, 비슷해. 좋아하는 사람이 실제로 존재하든 아니든. 자신의 감정을 어떻게 대해야 할지 몰라서 답답하고, 가슴 아프고, 힘들고……. 그다음 단계로 나아갈 수 있냐 없냐의 차이일 뿐이지 적어도 힘들어하는 그 마음은 똑같으니까.”

나는 손에 쥔 핸드폰을 내려다보며 선생님의 말을 곰곰이 생각했다. 확실히 짝사랑하는 동안은 상대가 현실 속 인물이든 만화 속 인물이든 큰 차이는 없을 것 같았다.

"멀리서 바라보는 것만으로도 행복할 때가 있고, 그래서 괴로울 때도 있지. 그 마음은 똑같아."

나는 렌을 멀리서 바라보는 것 말고 딱히 할 수 있는 일이 없다. 그건 매일이 반짝일 만큼 행복한 시간이기도 했고, 동시에 가슴이 너무 아파 울고 싶은 시간이기도 했다.

유나도 그랬을까? 유나의 헤어밴드와 울어서 빨개진 눈이 떠올랐다. 유나 역시 세야를 멀리서 바라보며 행복을 느끼기도 하고, 그런 만큼 괴롭기도 했던 걸까. 그런 의미에서 유나와 나의 마음은 그리 다르지 않은 걸지도 모른다. 하지만 유나는 거기서 한 걸음 더 내디딜 수 있었다. 나는 그게 너무 부럽고 질투가 나서 유나에게 모진 말을 쏟아부었다.

"이상하지 않으세요?" 내 목소리가 심하게 떨리고 있었다. "실제로 존재하지도 않는 대상을 좋아하는 게. 현실도피일 수도 있고."

"그렇지 않아. 오히려 나는 마미야가 그런 감정을 당당하게 여겼으면 좋겠어."

그 말이 잘 이해되지 않아서 나는 슬며시 고개를 들었다.

"그게 무슨…… 뜻이에요?"

선생님은 미소를 머금고 말을 이었다.

"마미야는 만화나 소설을 읽고 마음이 동해서 울거나 슬퍼한 적 있지? 존재하지 않는 사람을 생각하며 울고 화내고 슬퍼하는 것이 이상하고 징그러운 일이야? 그저 현실 도피일까? 살아 있는 누군가를 좋아하는 마음과 다를 게 뭐 있어?"

선생님의 말을 들으면서 나는 뭔가 반박할 말을 찾고 있었다. 하지만 아무것도 생각나지 않았다.

"그건……."

"같은 거야. 마미야는 비록 가공의 세상이라도 그 안에서 살아 숨 쉬는 한 인간을 발견할 수 있는 사람인 거야. 누군가를 깊이 헤아리고, 마음을 움직이고, 생각할 수 있어. 그런 감성은 누구나 가지고 있는 게 아니야. 그래서 더 특별하고 소중할 수 있지."

"하지만 저는……."

이런 위로를 받아도 부정할 수 없는 사실이 하나 있다.

"이루어지지 않는 사랑을 한다는 게 괴로워요."

그렇게 새어 나온 말에 선생님이 조용히 덧붙였다.

"그렇지. 힘들겠지."

도서실은 조용했다. 창문을 두드리는 빗소리가 담담하게 울려 퍼졌다.

"하지만"

잠깐의 침묵을 깨고 선생님이 말했다.

"하지만 말이야, 상대가 어떤 존재든 상관없이, 누군가를 좋아하는 그 마음은 계속 살아남아서 언젠가 다른 누군가를 소중히 여길 줄 아는 힘이 될 거야."

나는 고개를 들었다. 선생님은 여전히 접수대에 팔꿈치를 괴고 창가를 바라보고 있었다. 행복한 상상이라도 하는 듯 선생님의 입가에 살짝 미소가 피어 있었다.

"언젠가는 제가 현실 속의 남자를 좋아하게 될 거라는 말인가요?"

"아니. 꼭 그렇다는 건 아니야. 사람은 사랑을 하면 변한다고 하잖아. 나도 그렇게 생각해. 분명 사랑을 하면, 그 마음이 그 사람의 본질을 좋은 방향으로 가꿔주는 거 같아. 예뻐지고 싶고. 더 다정해지고 싶고. 더 강해지고 싶고. 의연하고 당당한 사람이 되고 싶어지는 마음. 누군가를 좋아하는 감정은 결국 그 사람을 위해 무언가를 해주고 싶어서 자신을 변화시키려고 하거든."

선생님이 접수대에 놓인 책 표지를 쓰다듬었다. 그러고는 그 책등 위쪽에서 보이는, 반짝이는 은빛 하나기레를 손가락으로 천천히 어루만졌다.

"나는 있지." 선생님은 쑥스러운 듯 웃으며 말했다.

"고등학교 때 짝사랑했던 남학생이 책을 좋아하는 애였어. 나는 그 애랑 얘기를 더 많이 나누고 싶어서 지지 않을 만큼 책을 많이 읽으려고 노력했지. 그러다 보니 다양한 장르의 책을 접하게 됐어. 그 애는 늘 새로운 책을 읽고 싶어 했거든. 나도 그 애한테 다양한 책을 추천해주고 싶어서……. 결국 그 사랑은 이루어지지 않았지만, 그래도 그 마음은 전혀 헛되지 않았어."

선생님의 말대로라면 유나는 세야를 좋아하면서 변하고 싶었던 걸까? 더 예뻐지고 싶고, 사랑스러워지고 싶다고. 그렇게 자신을 더 나은 방향으로 바꾸고 싶어 헤어밴드도 하고 화장도 하면서 노력했던 거고.

그런데 나는? 렌을 생각하면서도 그냥 한숨만 쉬었지 아무런 노력도 하지 않았다. '날 봐줘, 날 알아줘, 날 좋아해줘' 징징거리며 슬퍼하기만 했지 렌에게 무언가를 해주려는 생각은 단 한 번도 한 적이 없었다. 렌은 이미 완벽해서, 나 같은 애가 해줄 수 있는 건 아무것도 없었으니까.

좋아하는 사람에게 무언가를 해주고 싶은 것이 사랑이라면, 나는 아마도 진짜 사랑을 하고 있지 않은 것이다. 나에게도 그 헤어밴드가 필요하다고 생각했다. 아니면 수수한 책을 조금이라도 빛나게 해주는 은빛 꽃무늬 천(히나기레)이라도.

내 안에서, 아주 작을지라도 반짝이는 무언가가 있었으면 좋겠다.

*

비가 그쳐서 도서실을 나와 학교 건물 중앙 출입구로 향했다. 신발장 앞에서 신발을 갈아 신는 낯익은 얼굴을 보았다. 유나였다.

나는 걸음을 멈췄다. 유나는 나를 못 봤으니 이대로만 있으면 분명 유나가 먼저 학교를 나갈 것이다. 가만히 서 있는데도 심장이 두근두근 고동쳤다.

누군가에게 무언가를 해주고 싶은 것이 사랑이라면, 나는 아직 진짜 사랑을 할 준비가 안 된 것이고, 내 안에는 은빛 장식도 보이지 않는다. 그래서 좋아하는 사람에게 해주고 싶은 게 무엇인지 아직 잘 모르지만, 그래도 소중하게 생각하는 친구, 그 친구에게는 해주고 싶은 것이 있다.

"유나야."

떨리는 목소리로 이름을 불렀다. 뒤를 돌아보는 유나의 얼굴을 보자 주체할 수 없는 감정이 복받쳐 올랐다.

우리는 오랜만에 어깨를 나란히 하고 걸었다. 누가 먼저 랄 것도 없이 서로에게 미안하다고 사과했지만, 시시콜콜 이유를 늘어놓진 않았다. 우리 사이에 긴 설명은 필요 없었다.

그렇게 우리는 거짓말처럼 그동안의 서운한 감정을 털어내고, 별것 아닌 얘기에 서로 웃고 그랬던 것처럼 렌 이야기를 했다. 유나는 렌의 최근 활동을 궁금해했고, 유나의 손에 끌려 역 근처 카페에 들어갔다. 그리고 나란히 앉아 예쁜 음료 잔에 꽂은 빨대를 살짝 물고, 핸드폰을 와이파이에 연결했다. 이어폰을 사이좋게 한쪽씩 귀에 꽂았다. 어깨를 맞댄 채 함께 작은 화면을 들여다보았다.

우리가 함께 보다가 만, 그 애니메이션의 뒷부분을 이어서 보았다. 멈췄던 시간이 다시 재생하기 시작했다. 이 설렘과 두근거림은 그 누가 뭐래도 진짜였다.

렌의 활약에 "꺄악!" 소리를 지르며,

"역시 우리 렌이 최고야!"

우리는 누가 먼저랄 것도 없이 동시에 그렇게 말했다.

5.

빛 방울을 씌우다

— 다나카 루이코 이야기

나는 책을 살 때면 꼭 커버를 씌워 달라고 부탁한다. 누군가 내 취향을 알게 될까 창피해서, 서점 계산대에 책을 가져가는 것조차 주저할 때가 많았다. 도서부 일을 하면서도 학교 도서실에서는 책을 거의 빌리지 않은 이유이기도 했다.

하지만 도서부원은 정해진 시간 동안 무조건 도서실에서 시간을 보내야 했다. 그래서 나는 접수대에 앉아 교칙상 금지된 만화책을 몰래 읽곤 했다. 물론 커버를 씌운 채로.

그런데 조용한 도서실 테이블에서 공부하던 남학생 두 명의 말소리가 귀에 들어왔다. 들어 보니 시오리 선생님의 나이에 대한 이야기였다.

선생님의 나이는 나도 좀 궁금했다. 둘은 선생님이 20대 초반이냐 후반이냐 하는, 별로 중요하지도 않은 문제로 티격태격했다. 한참이나 그러더니 문득 한 명이 이런 말을 꺼냈다.

"전에 들었는데, 시오리 선생님의 이름에 들어가는 한자 중 한 개는 선생님이 태어났을 때부터 이름에 쓸 수 있게 허용된 글자래."

"그게 뭐 어쨌다고?"

"그 한자가 뭔지를 알아내면 선생님이 태어난 해를 알 수 있다는 거지!"

이름에 쓸 수 있는 한자가 정해져 있고, 그 범위가 시대에 따라 점점 늘었다는 사실은 나도 알고 있었다. 두 남학생은 그 생각이 만족스러웠던지 잔뜩 들떠 있었다. 하지만 선생님의 이름은 이름표에 한자로 적힌 성밖에 본 적이 없어서, '시오리'가 어떤 한자를 쓰는지는 알 수 없었다. 그렇지만 이름도 예쁘고, 특히 발음할 때의 울림이 부드러워 선생님의 성격과 잘 어울린다고 느꼈다. 그에 비해……. 나는 들고 있던 만화책을 무릎 위에 내려놓고, 서점에서 씌워 준 커버를 손끝으로 살며시 쓰다듬었다.

나는 남들에게 들키고 싶지 않은 것들이 참 많다. 내가 지금 읽고 있는 만화책, 내 취미와 장래희망 같은 것들. 그중에서도 제일 들키고 싶지 않은 것이 바로 내 이름이다.

*

쫙 펼친 왼손을 가만히 들여다보았다. 그리고 포착한 정보를 놓치지 않기 위해 재빨리 샤프를 움직였다. 손가락을 구부려가며 관절의 움직임을 확인하고, 그 특징들을 루즈리프(철제 바인더에 끼워 쓰는 낱장 형태의 용지_역주) 노트에 옮겨 그려갔다. 손가락뿐 아니라 손톱의 둥근 윤곽, 거기에 닿는 빛의 질감과 손의 움직임에 따라 자연스럽게 생기는 주름까지. 그 모든 걸 가능한 한 사실적으로 재현하도록, 새하얀 종이 위에 내 왼손을 옮겨 그렸다.

음, 제법 괜찮게 완성된 것 같다.

여자애들이 재잘거리며 복도를 뛰어가는 소리가 울려 퍼졌다. 그것과는 정반대로, 내가 틀어박혀 있는 이 교실은 마치 모두의 기억에서 잊힌 것처럼 조용하고 평온했다. 불을 켜지 않으면 잿빛 구름이 낀 하늘같이 어두컴컴했기에 누군가 이곳에 들어올 가능성은 거의 없었다.

나는 늘 이곳에서 그림을 그렸다. 여기에서는 나를 비웃는 아이도, 내 이름이 거론될 일도, 내 이름이 알려질 일도 없었다. 그 누구의 시선도 신경 쓸 필요 없는 이곳에서 나는 자유롭게 그림을 그렸다.

손 그리기 연습은 미술 시간에 내준 숙제 때문에 시작했다. 손가락 모양을 세밀하고 다양하게 그릴 수 있다면, 캐릭터의 표정을 훨씬 풍부하게 표현할 수 있을 거라 생각했기 때문이다. 내가 그리려는 만화에도 분명 도움이 될 것 같아 집중해서 연습할 수 있었다. 그러느라 교실에 누군가 들어온 것을 전혀 눈치채지 못했다.

"우와, 잘 그린다. 그거, 미술 숙제야?"

느닷없이 들려온 목소리에 하마터면 비명을 지를 뻔했다. 나는 갑자기 한기를 느낀 사람처럼 몸을 떨며 어깨너머로 뒤를 돌아보았다.

웬 여자애가 서 있었다. 처음 보는 아이였는데, 한눈에 봐도 나와는 다른 방식의 삶을 사는 사람이라는 게 느껴졌다. 희고 고운 피부에 날씬한 몸매, 머리를 예쁘게 올려 묶고 있었다. 교복도 살짝 캐주얼한 느낌으로 세련되게 입고 있었다. 어둠 속에서 그 애 주위에만 후광이 비치는 듯한 착각이 들 정도였다. 만약 이게 만화 속 장면이었다면, 칸을 뚫고 등장해도 좋을 만한 캐릭터였다.

그 애는 자판기에서 뽑은 듯한 주스 팩의 빨대를 입에 물고 있었다. 그리고 책상 위에 펼쳐 놓은 내 루즈리프 노트를 큰 눈으로 응시하고 있었다.

나는 반사적으로, 낱장으로 이리저리 흩어진 종이를 양팔로 부랴부랴 그러모았다. 그러자 그 애가 웃으며 말했다.

"왜 가려? 잘 그렸는데."

"그래도⋯⋯."

당황해서 간신히 내뱉은 내 말에, 그 애는 앞자리에서 의자를 쓱 끌어왔다. 그러고는 마치 친한 사이라도 되는 것처럼 자연스럽게 내 맞은편에 앉았다.

"에이, 그러지 말고 좀 보여줘, 궁금해."

해맑게 웃는 얼굴을 보자, 나도 모르게 종이를 가리고 있던 팔을 순순히 치웠다. 그 애는 주저 없이 그중 몇 장을 손에 들고는, 커다란 눈을 더 크게 뜨면서 감탄을 터뜨렸다.

"우와, 대박! 이거 네가 그린 거야? 그림 완전 잘 그린다!"

그림을 한 장씩 뒤집어보면서 앞뒤를 살피고, 다 본 것은 뒤로 넘기며 놀라움을 감추지 못했다.

"그림 그리는 거 좋아해?"

커다란 눈망울이 나를 바라보았다. 그때 처음 그 애와 눈이 마주친 것 같다. 눈꼬리가 살짝 치켜 올라간 눈매에 속눈썹이 길었다.

"응……."

"그렇구나. 진짜 잘 그린다."

그 애는 웃었지만, 내 반응이 별로였는지 대화는 거기서 끊겼다. 슬쩍 쳐다보니, 그 애는 손에 든 종이를 보고 있었다.

나는 역시 타인과의 대화가 어렵다. 초등학생 때부터 줄곧 그랬다. 이런 아이들은 언제나 교실 안에서 눈부시게 빛났고, 굳이 나와 관련이 있다면, 그건 내 이름을 부르며 놀려대고 비웃을 때뿐이었다.

나는 그 애의 옆모습을 슬쩍 훔쳐보았다. 여전히 그림만 보고 있었다. 그렇게 진지한 눈빛으로 누군가 내 그림을 보는 것은 처음 있는 일이었다.

"저기, 이거 혹시 필요 없는 거야? 내가 가져가도 돼? 완전 좋은 생각이 떠올랐거든."

그 애가 나를 돌아보더니 그렇게 말했다.

그 그림들은 대단한 것이 아니었다. 그저 만화에 활용할 수 있도록 손을 크게, 다양한 형태로 변형해 그린 것들이었다. 이를테면 미모의 여주인공이라면 가졌을 법한 길고 예쁜 손끝을 상상해서 그린 것들. 그렇지만 다소 지저분하게 그려서 거의 낙서처럼 보였다.

"버리려고 했던 거라 상관은 없지만, 어디에 쓰려고?"

혹시나 가져가서 놀림감이 될까 봐 경계하며 물었다.

"연습할 때 쓰려고."

"연습?"

그러자 그 애는 가방에서 불룩한 파우치를 꺼냈다. 그걸 책상 위에 툭 올려놓자, 안에 뭐가 들었는지 묵직한 소리가 났다. 그러고는 그 안에 든 것들을 하나씩 꺼냈다. 나는 놀라서 눈이 휘둥그레졌다. 파우치에서 꺼낸 건 알록달록한 매니큐어였다.

"이 그림에 발라봐도 돼?"

"어?" 무슨 말인지 몰라서 되물었다가 바로 그러라는 신호로 고개를 끄덕였다.

"무슨 색으로 해볼까."

그 애는 작은 연보라색 병을 집어 들었다. 익숙한 손놀림으로 뚜껑을 돌려 열자 접착제 같은 냄새가 코끝을 찔렀다.

"미안. 잠깐만 참아줘."

그 애는 미안해하며 가느다란 붓끝을 루즈리프로 향했다.

내가 그린 검지 손톱 위에 붓끝이 닿았다. 그리고 스르륵, 붓이 한 번 지나가자 마치 마법처럼 손톱 끝이 선명한 보라색으로 물들고, 별빛처럼 반짝이는 펄이 창문 너머 석양을 받아 반짝거렸다.

"역시, 예상대로 너무 예쁘잖아. 나 좀 천재인 듯?"

기쁨이 가득 묻어나는 목소리로 그 애는 붓을 움직였다. 그러자 내가 그려놓은 손가락마다 차례차례 반짝이는 선명한 색이 번져갔다. 밋밋했던 손끝이 화사해 보였다.

"대단하다."

나는 무심코 중얼거렸다.

"그치?"

그 애는 나를 보고 웃으며 말했다.

"이 그림을 봤을 때, 여기에 매니큐어를 바르면 진짜 예쁘겠다는 생각이 들었어. 실제로 손톱에 발라보지 않으면 어떤 느낌인지 감이 잘 안 오는데, 이게 있으면 연습에 도움이 될 것 같아."

그 애는 루즈리프 종이를 들어올리며 만족스럽게 웃었다. 그것을 석양빛에 비춰보면서 덧칠해도 괜찮으려나? 하고 중얼거렸다. 그러고는 나를 보며 말했다.

"맞다. 넌 이름이 뭐야? 난 구라타라고 해."

"아……."

나는 망설였다.

"음, 나는 다나카야."

"성은 다나카, 이름은?"

"루이코……."

나는 시선을 피하며 작게 중얼거렸다.

"루이코? 한자는 어떤 한자를 써?"

"눈물 루(淚)에 아들 자(子)."

"우와, 귀엽다!"

귀엽다고? 이 이상한 이름이. 다른 애들은 놀리기 바쁜 이름인데.

구라타는 감탄한 듯 고개를 끄덕였다.

"그럼, 루이루이라고 불러도 돼?"

루이루이? 뭐야, 그게. 웃기긴 한데.

그런데 그 말이 너무 솔깃해서 나는 얼떨결에 고개를 끄덕이고 말았다. 끄덕이고 나서야 아차 싶었지만. 가슴속 깊은 곳이 후회와 함께 찌릿하게 아파 왔다.

*

그날 이후로 우리는 방과 후 그 빈 교실에서 만났다. 내가 이곳을 비밀 아지트로 삼고 있다는 걸 구라타도 어렴풋이 눈치챈 듯했다. 누군가가 이 교실에 있는 기척을 몇 번 느꼈는데, 그날은 궁금증을 못 이겨 문을 열어봤다고 했다.

이 한정된 시간 동안 우리는 마음 맞는 짝꿍처럼 서로의 작업을 했다. 내가 하얀 루즈리프 종이 위에 다양한 형태의 손을 그리면, 구라타가 그 손톱에 색을 입혔다. 마치 마법의 물방울이 떨어진 것처럼 선만 있던 손끝이 선명한 색채로 물들어가는 것을 나는 조용히 지켜보았다.

구라타가 교실에 찾아오는 날은 일정하지 않았다. 우리는 같은 반도 아니고 이렇다 할 접점이 있는 것도 아니어서 대화는 이 교실 안에서만 나누었다. 그래봤자 구라타가 머무는 시간은 20분 남짓이었다. 항상 바쁘게 먼저 교실을 나갔기에 배웅은 언제나 내 몫이었다. 구라타는 파우치 안에 매니큐어 병들을 한가득 넣어두었지만, 쓸 일은 거의 없다고 했다. 매니큐어 사용은 교칙으로 금지되어 있었으니 당연한 일이었다.

"나는, 네일아티스트가 되고 싶어."

루즈리프에 그려진 손톱 끝에 사랑스러운 분홍빛을 얇게 덧칠하면서 구라타는 수줍게 말했다. 나는 좀처럼 익숙해지지 않는 강렬한 냄새를 꾹 참고, 손을 그려나갔다.

구라타는 말이 정말 많았다. 반면에 나는 등교해서 집에 갈 때까지 거의 한 번도 입을 떼지 않을 때가 많았다. 그렇다 보니 그 애의 말에 어떻게 대꾸해야 할지 몰라서 거의 말없이 듣기만 했다. 구라타는 그런 나를 개의치 않고 즐겁게 자신의 이야기를 이어갔다.

"루이루이가 흰 종이에 그림을 그리는 거랑 같아. 나에겐 이 작은 손톱이 도화지인 셈이지."

집에서는 자기 손톱에 바르며 연습하는데, 그대로 학교에 오면 선생님한테 혼나니까 바로바로 지운다고 했다. 하지만 루즈리프는 그런 걱정 없이 짧은 시간 안에 다양한 네일아트 방법을 연습할 수 있어서 좋다고. 진짜 손톱과 비교하면 발색에 차이가 있기도 하고 기대한 것과 다를 수도 있지만, 그래도 충분히 도움이 되는 듯했다.

그런 구라타를 위해 그림을 복사해서 줘야겠다고 생각했지만 입 밖으로 꺼내지는 않았다. 그리고 그 애의 손톱을 보며 새 종이 위에 손가락을 그려나갔다. 살짝 마디가 도드라진 그 애의 검지와 동글동글한 손톱 모양을 연필로 조심조심 따라 그렸다.

내가 그리는 손가락 모양이 매번 조금씩 달라진다는 걸 알아차린 구라타는 그게 좋은지 무척 기뻐했다.

"왠지 네일숍을 연 것 같아. 매번 다른 손님이 찾아와서 다양한 손톱 위에 매니큐어를 발라주는 기분이야." 그러면서 내게 물었다.

“루이루이의 꿈은 뭐야? 일러스트레이터?”

“나는…….” 말이 나오려다가, 거기서 멈춰버렸다. 아무에게도 그런 얘기를 해본 적이 없어서, 어떻게 말해야 할지 난감했다. 아이들은 내가 그림을 그리는 걸 알아도 그저 놀리고 비웃을 뿐이었다.

그 이름으로 데뷔하면 되겠네. 굳이 필명을 지을 필요도 없고 좋잖아! 푸하하하하.

고약한 웃음소리가 귓가에 되살아났다.

“나는, 그…….”

그런데 무슨 이유에선지, 나는 그 비밀을 구라타에게는 털어놓고 싶어졌다. 가장 큰 비밀은 밝히지도 못하면서.

“만화가가 되고 싶어.”

그 말을 하자마자 나는 덜컥 겁이 났다. 주제도 모른다고 비웃지 않을까.

“진짜야? 대박! 어떤 만화를 그리고 싶은데?”

구라타는 매니큐어를 바르던 손을 멈추고, 눈을 반짝이며 물었다. 그러고는 숨 돌릴 틈도 없이 연달아 질문을 던졌다. 어떤 만화를 좋아하는지, 이미 만화를 그려본 적이 있는지, 영향을 받은 작가는 누구인지, 내가 대답할 겨를도 없이 질문들을 쏟아냈다. 나는 우물쭈물하면서도 질문에 하나하나 대답했다. 힘든 일이 있을 때 만화를 읽고 위로를 받아서 나도 그런 만화를 그리고 싶어졌다고 조심스레 밝혔다. 습작이지만 내 만화를 그려본 적이 있다고 했더니, 구라타는 그걸 꼭 읽어보고 싶다고 했다. 하지만 나는 그 작품은 보여주기 부끄러우니 지금 그리고 있는 만화를 완성하면 그걸 읽어달라고, 간신히 말했다.

"그게, 아직 연습을 더 해야 해서."

내 만화를 누군가에게 보여준다는 건 상상조차 해본 적이 없다. 선도 더 깔끔하게 다듬어야 하고, 수준 있게 완성하지 않으면 도저히 보여줄 수 없을 것 같았다.

"연습이라……."

구라타는 아쉽다는 표정으로 중얼거리더니, 이내 고개를 끄덕였다.

"그렇지. 맞아, 그건 인정. 연습은 중요하지. 나도 종이에만 칠하지 말고 진짜 손톱에 제대로 연습해야 하는데. 근데 왜 학교에서는 매니큐어를 금지할까?"

그 이유를 정말 모르겠다는 표정으로 구라타는 고개를 갸웃거렸다. 나도 잘 모르겠다. 교칙으로 금지되어 있으니 안 된다는 건 알겠는데, 왜 안 되는 건지 정작 그 이유는 생각해보지 않았다. 만화를 가져와서 읽으면 안 되는 것과 비슷한 걸까. 그렇다면 우리 둘은 학교에서 금지하는 걸 장래의 꿈으로 삼고 있는 셈이다.

구라타와 나는 전혀 다른 방식으로 살아가고 있지만, 그 점만큼은 같았다. 나는 고개를 숙이고 입을 꾹 다물었다. 구라타가 이유를 물었지만, 나는 아무 말도 안 했다.

구라타는 가끔 친구에게 매니큐어를 발라주곤 하는데 주로 금요일 방과 후에 한다고 했다. 최소한 주말 이틀 동안은 매니큐어 바른 손톱을 즐길 수 있으니까.

"있잖아."

내가 말했다. 구라타가 루즈리프에 그려진 다섯 개의 손톱 중 마지막 손톱에 하얀 물방울무늬를 그려 넣는 것을 끝냈을 때였다. 구라타가 다음 말을 기다리는 표정으로 고개를 들었다.

"네일아트는 어떤 느낌이야? 난 한 번도 해본 적이 없어서."

해본 적이 없어서. 해본 적이 없는데, 그래서 어쩌라는 말이지.

나는 연필을 내려놓고 살며시 손을 내밀었다.

"루이루이한테 해도 돼?"

나는 왠지 금지된 놀이를 제안 받은 기분으로 조용히 고개를 끄덕였다.

처음 발라 본 매니큐어는 역시 접착제 비슷한 냄새가 나기도 했고, 아주 간지러웠다. 이런 식으로 타인의 손길이 닿는 것은 꽤 오랜만이었다. 체육 시간을 제외하면, 초등학교 때 내 이름을 놀리며 팔꿈치로 치거나 다리를 걸던 남자애들과의 접촉 정도밖에 기억나지 않는다. 그래서 구라타의 손길이 더욱 간지럽게 느껴지는 것일까. 내 손끝에 구라타의 따뜻한 손길이 닿자, 왠지 가슴속 깊은 곳까지 간질간질한 기분이 들었다.

구라타가 부리는 마법은 내 검지 손톱에만 적용되었다.

"어차피 금방 지워야 하니까." 구라타가 그렇게 말했다. 손톱이 연분홍빛으로 반짝반짝 빛나고 있었다.

"어때? 예쁘지?" 구라타는 만족스러운 듯 말했다.

하지만 난 이런 반짝이가 나 같은 애의 손에 어울리는지는 잘 모르겠다. 그래도 금방 지우기엔 너무 아깝다는 생각이 들었다. 그래서 만화 그릴 때 참고하겠다고 말하고, 검지 손톱을 핸드폰으로 찍었다. 구라타도 색이 예쁘게 됐다며 핸드폰을 들이댔다. 회색빛 교실에서 셔터 소리가 몇 차례 울렸다. 뭐가 웃긴지 구라타는 나와 눈이 마주치자 키득키득 웃기 시작했다. 나도 덩달아 웃었다. 학교에서 웃는 것은 정말 오랜만이었다.

창문 넘어 들어오는 석양이 눈부시게 쏟아지고, 교실 안은 어느새 반짝이는 황금빛으로 물들어갔다. 이제 돌아가야겠다면서 구라타가 리무버로 내 손톱을 닦았다. 화장 솜으로 몇 번 문지르자 마법은 순식간에 사라졌다. 원래대로 돌아온 손톱 색이 왠지 수수하다 못해 시시해 보였다. 나는 구라타의 마법이 내 손톱을 얼마나 선명하게 물들였는지, 그 느낌을 표현하고 싶었지만 말을 찾는 사이 그 애는 자정을 맞이한 신데렐라처럼 교실을 떠났다. 또 봐, 하고 웃는 그 애를 향해 나는 고작 똑같은 말로 대꾸했을 뿐, 다음에는 언제 올 거냐고 물어보지도 못했다.

나는 그림을 좀 더 그린 뒤 교실을 나와 복도를 걷는데, 같은 학년 여자애들과 마주쳤다. 그중에 한 명이 노골적으로 나를 보며 일행들에게 말했다.

"너희, 그거 알아? 쟤 이름 말이야."

"어? 뭔데, 뭔데?"

"다나카 티아라래. 티아라."

"헐, 진짜? 다나카인데! 그 얼굴에 티아라라니."

키득거리며 비웃는 웃음소리.

나는 그 소리를 못 들은 척 복도를 빠르게 걸었다. 마치 앞만 보고 행진하는 군인처럼. 손톱 끝이 손바닥에 슬며시 파고드는 것을 느꼈다.

다나카 티아라(田中涙子).

그렇다. 그것이 진짜 내 이름이다. 눈물 루涙에 아들 자子를 쓰고 '티아라'라고 읽는다. 웃기는 이름이라는 건 나도 안다. 티아라라니. 왜 눈물의 아이라고 쓰고 티아라라고 읽어야 하는 거지? 눈물이 영어로 '티어'라서? 그럼, '라'는 대체 어디서 온 건데? 나도 정말 웃음밖에 안 나온다. 내 이름 이상한 거 나도 안다고. 초등학생 때부터 얼마나 놀림을 받았는데. 이 이름이 얼마나 웃기고 나한테 안 어울리는 이름인지는, 너네가 굳이 가르쳐주지 않아도 너무 잘 알고 있다고.

북받쳐오르는 감정을 꾹 누르고 집으로 향했다. 엄마는 아직 퇴근 전이다. 집에 들어서자마자 나는 곧장 내 방에 틀어박혔다. 침대에 누워 전등빛에 반짝이는 손톱 표면을 가만히 바라보았다.

'눈물의 아이'라니. 그게 대체 뭔데.

나는 이렇게 날마다 눈물을 흘리는 것을 운명으로 타고났나 보다.

루이루이.

구라타도 내 진짜 이름을 알게 되면, 다른 아이들처럼 나를 비웃고 수군거릴까?

코를 가까이 대고 손톱 냄새를 맡아본다. 매니큐어 냄새가 마법의 잔향처럼 이질적인 냄새를 풍기고 있었다.

*

그날은 부슬부슬 비가 내렸다.

그날 이후로 구라타는 루즈리프에 그린 손톱뿐 아니라 내 손톱에도 연습을 하고 싶다고 했다. 그렇게 구라타는 가끔 빈 교실에 나타나 루즈리프에 다양한 색을 입히고, 내 검지 손톱 위에도 마법을 부렸다. 그리고 떠날 때는 리무버를 이용해 내 손끝에 부린 찰나의 마법을 말끔히 지웠다. 그런 날들이 계속 어어졌다.

빨강, 분홍, 흰 물방울무늬, 반짝이는 펄, 보라, 대리석 무늬……. 시간을 들여 겹겹이 색을 쌓아 올리면 다른 색상으로 변해가는 것이 신기했다. 잔잔한 빗소리를 들으며 열심히 손톱 위에서 붓을 움직이는 구라타에게, 나는 그 감상을 털어놓았다.

"루이루이는 왜 그림에 색칠을 하지 않아?"

마무리 작업인 듯했다. 그렇게 물으며 구라타는 조심스러운 손놀림으로 내 손톱에 은색 선을 그었다.

"미술 재료는 내 용돈으로 감당이 안 돼서. 코픽(일본의 고급 알코올 마커 브랜드. 일러스트, 만화, 디자인 작업에 자주 쓰이며 색감이 부드럽고 블렌딩이 뛰어나지만 가격이 비싼 편이다_역주) 같은 것도 별로 없고."

그래서 내가 그리는 그림은 흑백 풍경뿐이다. 일러스트레이터가 되고 싶은 것도 아니고, 만화를 그리는 건 꼭 컬러가 아니어도 되니까 지금으로선 별로 불편하지 않다.

문득 창가 쪽으로 고개를 돌리자, 아직 이른 시간임에도 장맛비 때문에 하늘이 잿빛으로 변해 있었다. 구라타는 비가 그칠 때까지 있다가 가겠다고 했다.

"흠, 그렇구나. 하긴 색을 다 갖추려면 돈이 많이 들지."

"넌 그걸 직접 다 산 거야?"

"엄마가 준 것도 있고, 백엔숍에서 사기도 하고."

"다 됐어."

구라타가 매니큐어 병뚜껑을 닫았다. 뚜껑을 닫아도 냄새가 금방 사라지는 건 아니지만, 이제는 나도 이 냄새에 꽤 익숙해졌다.

"아, 맞다. 아까 그린 일러스트 있잖아, 보여줘."

구라타가 루즈리프 손톱에 매니큐어를 바르는 동안 나는 구상 중인 만화 캐릭터의 의상을 그렸다. 판타지 세계에서 공주님이 입을 법한 드레스. 아직은 기존 작품을 참고하는 부분이 많아서 어딘가 엉성하고 이상했지만, 마음에 드는 디자인이 나올 때까지 반복해서 연습할 생각이었다.

"이거?"

나는 루즈리프 노트를 꺼냈다. 거기에는 드레스를 입은 소녀가 다소 시큰둥한 자세로 서 있었다. 얼굴도 머리 모양도 거칠게 그린, 낙서에 가까운 그림이었다.

"그래. 이거, 이거."

눈을 반짝이며 그 종이를 손에 들고 구라타가 말했다.

"이대로도 예쁘지만, 여기에 색을 입히면 더 예쁠 것 같지 않아?"

"그러네! 그럼, 해봐!"

내가 들뜬 마음으로 말하자, 구라타는 빵빵하게 터질 것 같은 파우치를 열어 매니큐어 몇 개를 꺼냈다. 신중히 색상을 고른 뒤 뚜껑을 열고 붓을 움직여 내가 그린 조악한 의상에 선명하게 색을 입혀갔다. 마치 별똥별이 밤하늘에 긴 꼬리를 그으며 선을 그리는 것 같았다. 반짝이는 은하수가 투박했던 드레스를 환하게 빛나게 했다.

"와, 대단하다!"

매니큐어를 이런 식으로 사용할 수 있다니, 상상도 못했다.

"루이루이도 한번 해봐."

“그래도 돼?”

“이런 건 분명 루이루이가 더 잘할 거야.”

설레는 마음으로 나는 구라타에게서 매니큐어를 건네받았다. 조심스럽게 선을 긋자, 드레스의 여백에 우주가 피어났다. 까맣고 반짝이는 은빛으로 빛나고 있었다.

“더 칠해도 돼?”

“그럼! 신경 쓰지 말고 팍팍 써.”

나는 드레스를 검게 물들여갔다. 우주가 펼쳐졌다. 은하수가 흐르고 별이 빛나고 달이 반짝였다.

“이걸 써보면 어때? 마르면 이 색으로 덧칠해봐. 이 펄은 정말 예쁘니까 꼭 써봐.”

구라타가 하라는 대로 나는 세상에 하나뿐인 드레스를 만들어갔다. 무채색이었던 그림이 색을 입자, 캐릭터는 생기를 띠고 금방이라도 움직일 것 같았다. 나는 마지막으로 연분홍빛 매니큐어를 조심스럽게 그림 위에 떨어뜨렸다. 신중하고 또 신중하게. 떨리는 손끝으로 차분히 다가가……

톡.

그것은 사랑스러운 볼 터치가 되어 소녀의 표정을 화사하게 밝혀주었다.

“대단한데!”

구라타가 흥분한 듯 큰 소리로 말해서 나도 웃었다.

내가 그린 낙서가 풍성한 색채를 입자, 그럴 듯한 작품처럼 보여서 신기하고 뿌듯했다. 한동안 나는 그 그림을 바라보았다. 나와 구라타의 작품.

"비가 그쳤어."

구라타의 목소리에 고개를 들었다. 창밖을 보니 구름이 걷히고, 그 사이로 눈부시게 파란 하늘이 보였다.

*

핸드폰 메시지를 확인한 구라타는 서둘러 교실을 나갔다. 교실을 나가기 전에 구라타는 리무버로 내 손가락의 매니큐어를 지우려고 했지만, 나는 순간 거절했다.

"괜찮아. 그보다 너 빨리 가야 하잖아."

"그러다 선생님한테 들키면 어쩌려고?"

"집에 리무버 있으니까, 집에 가서 지울게."

"그래?"

"그보다, 저기……."

"왜?"

"이거."

나는 긴장된 마음으로 가방에서 그것을 꺼냈다. 클리어 파일에 끼워둔 복사 용지 뭉치였다. 구라타는 그것을 받아 들고 의아한 표정을 지었다.

"만화. 그리던 거, 완성했거든. 혹시 괜찮으면……."

"와, 진짜? 대박인데!"

"여, 여기선 보지 마."

페이지를 넘기려는 구라타를 다급히 제지했다.

"알았어."

제대로 된 원고 용지를 사용한 것도 아니고, 펜 터치를 넣거나 스크린 톤을 이용해 꼼꼼하게 마무리한 것도 아니었다. 프로를 꿈꾼다고 하기엔 너무 부족한, 중학교 2학년이라는 핑계로 안일하게 그린 습작에 불과했다. 내용도 거의 내 경험을 바탕으로 한, 모두에게 괴롭힘을 당하는 한 소녀가 그에 맞서는 용기를 그린, 나의 몽상에 지나지 않는 이야기였다.

그렇지만 뭐랄까. 조금이라도 좋으니까, 구리타가 나라는 사람을 알아줬으면 하는 마음이었다. 그래서 그걸 가방 맨 밑에 줄곧 넣어두고 있었다.

"고마워. 완전 기대된다. 잘 읽을게!"

구라타는 만화를 받아 들고 교실을 나갔다.

나는 집에 돌아와 검지손가락을 감춘 채, 엄마의 말도 들는 둥 마는 둥 대충 흘려 넘겼다. 방문을 닫고 침대에 누워 검지 손톱을 바라보았다. 그러다가 까무룩 잠이 들었다. 지금 생각해보면 정말 어리석은 행동이었다.

*

검지손가락만 잘 숨기면 괜찮을 줄 알았다.

하지만 현실이 그리 호락호락할 리가 없었다. 조금만 생각해봐도 금방 알 수 있는 일이었다. 애초에 내 인생은 다른 아이들에 비해 장애물이 너무 많았으니까. 게임의 난이도로 치자면 내 상태는 언제나 '어려운(hard)' 단계였다. 태어나면서 부여받은 이 이름 때문에 내 의지와 상관없이 늘 놀림의 대상이 되었다. 그러니 심술궂은 선생님이 내 손톱을 귀신같이 알아챈 것도 그리 이상할 게 없었다.

쉬는 시간이 되자, 선생님은 나를 교실 한구석으로 불러냈다. 그러고는 손가락에 대해 추궁하기 시작했다. 왜 매니큐어를 바르고 있느냐고. 남들 다 지키는 규칙을 왜 너만 못 지키냐며, 선생님은 끝없이 나를 쏘아붙였다. 반 아이들이 먼발치에서 무슨 일인가 싶어 내 쪽을 쳐다봤다.

"설마 이런 도구를 학교에 가져온 건 아니겠지?"

선생님은 가차 없었다. 내 가방을 집어 들고 지퍼를 열더니 내가 아끼는 만화책을 꺼냈다. 북커버를 씌워둔 만화책을 마구 넘기더니 이런 걸 학교에 가져오다니 도대체 무슨 생각이냐고 호통치기 시작했다.

"이런 한심한 걸 읽고 있으니 교칙도 하나 못 지키지."

선생님은 몇 번이나 큰 소리로 똑같은 말을 반복했다. 눈물이 날 것 같아 입술을 악물고 고개를 숙였다.

"지금 중요한 얘기하고 있잖아, 선생님 눈 똑바로 봐!"

나는 턱을 들었다. 애써 참았던 눈물이 주르륵 흘러내렸다.

죄송합니다. 죄송합니다. 다신 안 할게요.

선생님의 호통치는 소리, 간간히 킥킥거리는 웃음소리가 귀에 들려왔다.

"티아라, 진짜 매니큐어 칠했네. 웃긴다."

"반짝반짝한 건 이름으로 만족해야지."(이름에 쓰인 한자를 통상적으로 읽지 않고 전혀 다르게 읽는 특이한 이름을 일본에서는 반짝반짝 이름(キラキラネーム)이라고 한다_역주)

"이름이 반짝거린다고 자기도 그런 줄 아나 봐."

깔깔깔깔.

죄송합니다. 죄송해요.

숨이 넘어갈 듯한 목소리로 같은 말을 반복했다.

죄송합니다. 잘못했어요. 이런 이름으로 태어난 것도, 툭
하면 눈물부터 흘리는 울보가 된 것도 모두 내 잘못이에요.
한심한 만화를 읽고 한심한 꿈을 품는 바람에, 그래서 교칙
도 못 지켰습니다. 죄송합니다. 태어나서 죄송합니다.

나는 끝없이 사과했다. 교무실에 끌려가 반성문도 써야
했다. 만화책은 압수당했다. 구라타가 손톱에 부린 아름다
운 마법은 리무버를 듬뿍 적신 화장솜에 지워졌다. 색을 잃
은 손톱은 메마르고 거칠어졌다. 당연히 집에도 연락이 가
서 엄마한테도 비슷한 말로 혼나야 했다.

"자꾸 이런 만화만 읽으니까 나쁜 영향을 받는 거야!"

엄마는 내 방에 있던 만화를 전부 치워버렸다. 그리고 루
즈리프라든가 코픽 같은, 그림 그릴 때 쓰는 도구도 몽땅 가
져갔다. 선생님도, 엄마도 지금까지 내 마음을 지탱해주었
던 것들을 모조리 빼앗으며 그런 건 다 쓸모없는 한심한 것
들이라고 소리를 질러댔다.

죽고 싶었다. 얼른 죽어서 다른 이름으로 다시 태어나고
싶었다. 그게 훨씬 더 편할 것 같았다. 이런 이름으로 살아
봤자, 결국 불필요한 눈물만 흘리게 될 테니까.

눈물의 아이라니, 무슨 이름이 그래. 이해가 안 된다. 아
마도 나는 울기 위해 태어난 아이같다. 아빠는 대체 나한테

무슨 원한이 있어서 이런 이름을 지어준 걸까. 따지고 싶어도 아빠는 이미 오래전에 돌아가셨다. 직접 만나 원망하려면 내가 죽는 수밖에 없지만, 나는 그럴 용기도 없다. 엄마한테 거의 내쫓기다시피 나는 다음 날도 학교에 갔다.

다음 날도, 그다음 날도.

모두가 나를 비웃고, 나는 또다시 눈물을 흘렸다. 그러나 이런 일은 이미 일상처럼 되어서 어떻게든 참을 수 있었다. 다만, 그 빈 교실에 더 이상 갈 수 없다는 사실이 가장 견디기 힘들었다.

*

아무도 나를 몰랐으면 좋겠다. 괜히 알려져봤자 또 웃음거리가 될 게 뻔하니까. 그런데 왜 이렇게 최악의 일들만 연달아 벌어지는 걸까.

쉬는 시간에 누구와도 눈을 마주치지 않으려고 책상에 앉아 가만히 숨을 죽이고 있었다.

"다나카 티아라아아~."

언제나처럼 키득거리는 웃음과 함께 내 이름을 부르는 소리가 났다. 나는 깜짝 놀라 교실 입구 쪽으로 시선을 돌렸다. 그러자 낯익은 얼굴이 시야에 들어왔다. 온몸이 그대로 굳어버렸다.

왜. 왜, 하필, 이런 곳에서.

문 앞에 서 있는 건 구라타였다. 그날 이후, 나는 그 교실에 가지 않았기 때문에 구라타의 모습을 본 건 꽤 오랜만이었다. 우리 반의 아는 여자애를 시켜 나를 불러 달라고 한 모양이었다.

나와 눈이 마주치자 구라타는 밝고 환한 얼굴로 내게 손짓했다. 나는 입술을 잘근 깨물고, 뱃속이 날카롭게 뒤틀리는 듯한 고통을 느끼며 간신히 일어났다. 온몸의 핏기가 사라지는 기분으로 문을 향해 걸었다.

"땡큐."

나를 부른 여자애한테 구라타가 웃으며 말했다.

"근데 왜 티아라라고 해?"

구라타가 천진하게 물었다.

"어? 몰랐어?" 여자애는 웃음을 터뜨리며 대답했다.

"애 이름이 다나카 티아라잖아. '눈물의 아이'라고 쓰고, 티아라라고 읽어. 진짜 웃기지?"

여자애가 낄낄거리며 말했다.

"어머!" 구라타가 살짝 놀란 듯 말했다.

"루이코 아니야?"

"티아라야, 티아라."

여자애가 비웃었다.

이로써 나의 거짓말이 들통나버렸다. 차라리 죽고 싶다. 이젠 정말 끝이다. 나는 입구에 서 있던 여자애를 확 밀쳐내고는, 그대로 복도를 달렸다.

"루이루이!"

구라타가 뒤에서 부르는 소리가 들렸지만 아무것도 보이지 않았다. 시야가 뿌옇게 흐려지면서 세상이 흐릿해졌다.

계속 달렸다. 도망치고 싶었다. 죽고 싶었다. 소리 지르고 싶었다. 신음하며 그저 무작정 달렸다. 어디로 가려고 했는지도 모르겠다. 일단 건물의 출입구로 향했다. 밖으로 뛰어나가 트럭에 치여 죽는다면 차라리 그게 행운이라고 생각했다.

하지만 내가 부딪힌 건 트럭이 아니라 사람이었고, 그곳은 도로가 아니라 건물 출입구로 이어지는 복도였다. 여자의 작은 비명 소리와 함께 뭔가가 바닥에 후드득 쏟아지는 소리가 났다. 나는 엉덩방아를 찧었다.

"다나카? 괜찮아?"

그 목소리에 고개를 들었다. 나는 몇 번이나 눈을 깜빡거렸다. 눈물방울이 터진 것처럼 흐릿했던 시야가 조금 선명해졌다. 우는 걸 들키고 싶지 않아서 나는 서둘러 눈가를 닦았다.

"다친 덴 없니? 아파?"

나는 입을 꾹 다문 채 고개를 저었다.

"무슨 일 있었어?"

나와 부딪힌 사람은 시오리 선생님이었다. 선생님 주위에는 프린트물이 사방에 흩어져 있었지만, 선생님은 그건 신경도 안 쓰고 내 곁으로 다가와 걱정스런 얼굴로 나를 살폈다.

참 이상했다. 방금 전까지만 해도 정말 죽고 싶다는 생각뿐이었는데, 지금은 우는 모습을 들켰다는 부끄러움이 머릿속에 가득했다. 얼굴을 붉히며, 나는 고개를 세차게 저으며 아무 일도 아니라고 부정했다. 하지만 '티아라'라는 우스꽝스러운 이름에서 알 수 있듯, 울보의 운명을 타고난 나는 눈물을 감출 수 있는 아이가 아니었다.

선생님은 내게 살며시 손을 내밀었다. 나는 엉덩방아를 찧은 자세로 선생님의 손끝을 멍하니 바라보았다. 잠시 후, 선생님이 내 눈물을 닦아주며 말했다.

"괜찮으면, 도서실에서 차 한 잔 할래?"

*

원래라면 찻잔에 담긴 홍차 향이 방 안에 퍼져 있었을지도 모른다. 하지만 우느라 코가 막혔는지 향이 느껴지지 않았다.

"자. 마셔."

"감사합니다……."

나는 간신히 그렇게 말하고, 다다미에 깔린 방석 위에서 몸을 살짝 움직여 한 모금 마셨다. 홍차에서 달콤하고 향긋한 향이 났다.

"그렇구나, 눈물의 아이라……."

선생님도 한 모금 마신 뒤, 난감한 표정으로 그렇게 중얼거렸다. 별다른 설명도 없이 이끌려온 곳은 좁은 사서실이었다. 이미 점심시간도 끝나서 얼른 돌아가지 않으면 다음 시간 선생님한테 혼날 게 뻔했지만, 시오리 선생님은 나를 보내주지 않았다. 담당 선생님께는 본인이 직접 연락해줄 테니 차를 마시고 좀 더 쉬었다 가라며.

내가 왜 울고 있었는지, 선생님은 다정한 목소리로 물었다. 물론 솔직하게 대답하지는 않았지만, 나는 선생님의 차분한 음성에 이끌리기라도 한 듯 "제가 티아라라서요"라고

만 중얼거렸다. 시오리 선생님은 그런 알 수 없는 내 말에 난감한 표정으로 "눈물의 아이라……." 하고 중얼거렸다.

선생님은 살짝 미간을 좁히며 조심스레 말했다.

"이름대로 살아야 할 필요는 없어. 선생님도 내 이름대로 살고 있다는 자신은 없는걸. 눈물의 아이라고 해서 꼭 울 일만 있는 건 아니잖아."

내가 아무 말도 하지 않자, 선생님은 내가 운 이유를 캐묻는 걸 포기했는지 전혀 다른 얘기를 꺼냈다.

"다나카, 요즘은 만화를 잘 안 읽는 것 같더라. 전에는 자주 읽더니."

나는 깜짝 놀라 고개를 들었다. 선생님이 말한 대로 도서실 당번일 때마다 나는 만화책을 읽었다. 하지만 학교에 만화를 가져오는 건 교칙 위반이었기 때문에 선생님에게 들키지 않게 조심했다고 생각했다.

"그걸 어떻게……?"

"딱 보면 알지. 이래봬도 내가 사서잖아."

그렇게 말하며 선생님은 가슴을 쓱 폈다.

"그걸 아셨으면서 왜 혼내지 않으셨어요?"

"후훗, 그건 말이지." 어린아이처럼 천진한 미소를 짓더니 선생님은 비밀스럽게 말했다.

"나도 만화를 좋아하거든."

젊은 선생님이니까 그럴 수도 있겠다 싶지만. 선생님이 교칙을 어기는 학생을 못 본 척해도 되는 건가?

"책이나 이야기엔 귀천이 없어. 소설이든 만화든 표현 방식이 다를 뿐이지 이야기가 지닌 가치는 똑같아. 사람의 마음을 움직이니까."

"그런데 어른들은 만화를 무시해요. 한심하고 쓸데없는 거라며……."

"그래서 북커버를 씌우고 읽었던 거야?"

시오리 선생님이 웃으며 물었다. 생각보다 더 선생님은 평소의 내 행동을 눈여겨봤던 모양이다. 북커버를 씌우는 이유는 만화가 교칙 위반 사항이었기 때문만은 아니었다. 설령 교칙으로 허용되었더라도, 나는 커버를 씌웠을 것이다.

"제가 무슨 책을 읽고 있는지 들키고 싶지 않아서요."

무시당하고 싶지 않았다. 내가 어떤 사람인지 알려져서 비웃음을 사고 싶지 않았다. 읽고 있는 책, 취미, 꿈. 도움이 안 된다느니, 한심하다느니, 나쁜 영향을 미친다느니 하는 말들로 내가 좋아하는 것들을 부정당하고 싶지 않았다.

테이블 밑에서 메마른 검지 손톱을 문지르며 그 감촉을 확인했다.

"그럴 수 있지."

뭐가 그럴 수 있다는 건지 구체적으로 표현하지는 않았지만 선생님은 내 말에 동의하며 고개를 끄덕였다.

"하지만 남들이 어떻게 보든, 다나카가 생각하는 가치는 변하지 않으니까. 그것만은 기억해."

뭐라고 대답해야 할지 몰라서 나는 아무 말도 하지 않았다. 어색한 침묵이 흘렀다. 둘 다 차만 홀짝이다 선생님이 먼저 말문을 열었다.

"만화에는 사람의 마음을 움직이는 힘이 있어. 선생님도 만약 만화책을 읽지 않았다면 독서의 즐거움을 알지 못했을 거고, 이 일을 하지도 않았을 것 같아. 만화를 읽다가 운 적도 많아.

"슬퍼서요?"

"아니."

그것은 어색한 침묵을 피하려고 한 의미 없는 질문이었지만, 선생님은 미소 지으며 고개를 저었다.

"기뻐서, 감동해서, 안심이 돼서⋯⋯. 그런 따뜻한 감정이 들어서 울었어."

두 손으로 찻잔을 감싼 채, 선생님은 부드럽게 웃었다.

"혹시 선생님이 무책임하거나 엉뚱한 소리를 하는 걸지

도 모르겠지만. 그래도 다나카가 알아주었으면 하는 것이 있어."

선생님은 그렇게 말하면서 살짝 고민하듯 눈썹을 찌푸렸다. 내가 누군가와 대화할 때 어떻게든 알맞은 단어를 떠올리려고 초조해할 때처럼 선생님도 신중하게 말을 고르려고 애쓰는 것 같았다.

"있잖아, '눈물의 아이'라는 이름이 꼭 나쁜 의미만 있는 건 아니야."

"……그럴까요?"

"응." 선생님은 시선을 떨구고, 차를 식히기 위해 후, 하고 바람을 불어넣으며 말했다.

"선생님도 어릴 땐 정말 많이 울었어. 자꾸 힘든 일들만 생기니까 슬프고 괴로워서 방에 틀어박혀 베개에 얼굴을 묻고 아무도 듣지 못하게 펑펑 울곤 했었어. 그런 경험들이 쌓이면 눈물이라는 건 아무래도 부정적인 이미지가 따라붙게 되는 걸지도 모르지. 하지만 어른이 되고 나서 조금씩 알게 된 것도 있어."

찻잔을 내려놓고, 선생님은 고개를 들더니 나를 보고 빙그레 웃으며 그게 무엇인지 알려주었다.

"어른이 돼도 사실, 여전히 울 일은 많아. 그건 변하지 않더라고. 그렇지만 기쁘거나 감동해서 눈물을 흘리는 일도 많아져. 다정하게 품어주는 마음에 가슴이 따뜻해지고 마음이 뭉클해져서……. 그렇게 흘리는 눈물은 아주 부드럽고 따뜻한 온도를 지니고 있어.”

나는 선생님이 말하는 그 눈물의 감촉을 상상하려 했지만 지금 나와는 동떨어진 것처럼 느껴졌다.

“눈물은 사람의 다정함이 눈에 보이는 형태로 표현되는 아주 정직한 거야. 난 지금은 그런 눈물을 흘릴 때가 더 많아. 책을 읽고, 마음이 움직이고, 감동하고……. 그렇게 겹겹이 쌓인 다정함은 또 다른 누군가를 다정한 마음으로 만들어줄 거라고 생각해.”

나는 손끝에 남아 있던 건조한 손톱의 감촉을 확인했다. 그리고 그때, 구라타의 손길로 색이 더해지는 마법을 바라보며, 가슴 깊은 곳에서 올라왔던 감정을 떠올렸다.

“언젠가 다나카의 다정한 마음에서 흘러나온 눈물로 힘들었던 마음을 씻어낼 수 있는 날이 오면 좋겠다. 참지 않아도 괜찮아. 힘들 때는 언제든 선생님한테 와도 돼. 여기 있는 수많은 책들이 힘든 마음을 잠시 잊게 해줄 거야. 눈물의 진정한 의미를 알려줄 테니까.”

나는 시선을 내리깔고 찻잔에 입을 댔다. 뜨거운 액체가 목구멍 안으로 조금씩 흘러가는 것을 느꼈다.

"선생님."

"응."

"저……."

지금은 말을 잘 못하겠다. 나 자신에 대해, 그리고 내가 겪고 있는 부당한 대우에 대해 이야기하려면 용기가 필요했다. 하지만 나는 이곳에 다시 오게 될 것이다. 그때 나는, 나를 억누르고 있는 것들을 벗어던질 수 있을까. 나를 알아달라고 호소할 수 있을까. 내가 좋아하는 것들, 내 꿈, 내 이름, 그리고 나 자신을 당당하게 여길 수 있는 날이 올까.

"또 올게요."

나는 그렇게만 말하고 남은 홍차를 다 마셨다.

*

방과 후에 다시 그 빈 교실을 찾아갔다. 선생님에게 들키면 분명 또 혼나겠지만, 이제는 두렵지 않다. 선생님이든 누구든 또다시 도구를 뺏어간다 해도 그림을 그릴 공책과 연필만 있으면 상관없다. 나는 꿈을 향해 나아갈 것이다.

나는 평소 앉던 자리에 앉아 가방에서 도구들을 꺼냈다.

그리고 시오리 선생님이 빌려준 만화책을 집어 들었다.

"다나카는 분명 이 책을 좋아할 거야."

선생님은 그렇게 말했다. 아직 읽진 않았지만 줄거리만 봐도 재밌을 것 같았고, 무엇보다도 그림체가 마음에 들어 내가 그리고 싶은 만화 스타일에 참고할 수 있을 것 같았다. 그래도 역시나 이대로는 누군가에게 들킬 수도 있으니, 시오리 선생님이 사서실 어딘가에서 찾았다는 오래된 서점용 북커버를 씌워주었다. 그 오래된 커버를 천천히 쓰다듬으며 오늘은 뭘 그리면 좋을지 생각하고 있었다.

"루이루이."

그 목소리에 깜짝 놀랐다. 뒤를 돌아보자 문 앞에 구라타가 서 있었다. 내가 아무 말도 하지 못하자, 구라타는 웃으며 나를 향해 다가왔다.

"다행이다. 루이루이, 오늘은 여기 있었네."

"있잖아……."

"왜?"

"내 이름은 루이코가 아니라, 실은……."

구라타는 내 맞은편 책상의 정면에 앉았다.

"사실, 진짜 이름은 티아라야."

"응."

피식 새어 나온 웃음소리에 나는 몸이 굳어졌다. 하지만 구라타는 아무렇지 않다는 듯 태연하게 말했다.

"그래도 루이루이는 루이루이잖아. 내 마음속에서는 이미 그렇게 정해졌는걸."

"하지만……."

"응, 알아. 나도 너랑 비슷한 입장이거든. 진짜 곤란하지, 반짝반짝 이름 같은 거. 부모님이 맘대로 붙여버린 건데 말이야."

"어?" 나는 고개를 들고 구라타를 보았다.

"내 이름도 원래는 아이루거든. 근데 친구들은 '아일루'라고 불러. 무슨 게임에 나오는 고양이 이름이래. 진짜 웃기지? 뭐, 난 그 이름도 마음에 드니까 괜찮지만."

나는 눈을 깜빡거렸다. 그러고 보니 구라타의 이름을 물어본 적이 없었다.

"아이루는 한자로 어떻게 쓰는데?"

"남색 남藍에 유리 류琉. 부모님 얘기로는 사랑 애愛에 흐를 류流를 쓴 아이루愛流 버전도 후보에 있었다는데, 와 그걸로 안 돼서 천만다행이야. 하마터면 사랑이 흐를 뻔했다니까."

그렇게 말하고, 구라타는 넉살 좋게 웃었다. 나는 당황해서 아무 말도 못했지만, 그런 건 아랑곳하지 않고 구라타는 문득 생각났다는 듯이 큰 소리로 말했다.

"맞다. 루이루이! 그거 말이야, 네가 그린 만화, 나 다 읽었어! 완전 감동적이더라! 내가 그런 이야기에 좀 약한 편인데, 읽다가 밤중에 혼자 엉엉 울었다니까. 아 그리고 이거 미안한데, 용서해주라."

그렇게 쉬지 않고 말하며 구라타는 내가 건네준 종이 뭉치를 꺼냈다. 그리고 그걸 휙휙 넘겨가며 마지막 페이지의 모서리를 손끝으로 가리키며 말했다.

"그게 있지, 울다 보니까 눈물이 떨어졌는데 이 부분이 번져버려서 수습이 안 되더라고……."

"괜찮아, 이건 구라타를 위해서 인쇄한 거니까."

"진짜? 진짜 괜찮은 거야? 아, 다행이다."

그렇게 한바탕 말을 쏟아내더니, 구라타는 안심했다는 듯 가슴을 쓸어내렸다. 나는 구라타가 걱정했던 그 눈물의 흔적을 보았다.

"이 만화, 진짜 대단하더라, 루이루이. 잠깐 내 얘기 좀 들어줄래?"

구라타는 진지한 표정으로 말을 꺼내기 시작했다.

"그게 뭔지 좀 알 것 같아. 이유도 없이 사람들한테 미움

받는 기분이 어떤 건지……. 지금 우리 반에도 비슷한 일이 있거든. 요즘 내 친구가, 역시 이건 아니라고, 잘못된 거라고 말을 하기 시작했는데. 근데 나는 괜히 엮이는 게 싫어서 그냥 모르는 척하는 게 안전하다고 생각했어. 근데 역시 안 되겠더라고. 만약 나라면 어떨까 생각했더니, 그냥 내버려 둘 순 없을 것 같아. 하지만 그 애를 어떻게 대해야 할지도 잘 모르겠고, 내가 할 수 있는 일도 별로 없는 거 같고……."

마음이 약해 보이는 순간조차도 구라타는 말이 많았다. 그게 왠지 웃기고 귀여워서 나도 모르게 풉, 웃음이 새어나왔다. 그리고 나는 구라타의 말을 자르며 말했다.

"그런 거라면, 어려울 것 없지."

"어렵지 않다고?"

"응, 네가 나한테 해줬던 거. 그걸 그 애한테 해줘."

"내가 루이루이한테 해준 거?"

무슨 말인지 모르겠다는 듯 구라타는 고개를 갸웃거렸다.

어렵지 않은 일이야. 하지만 그 일이 나에겐 더할 나위 없이 기뻤어.

바싹 마른 손톱 위를 가만히 쓰다듬자, 그때 느꼈던 감촉이 서서히 마음을 따뜻하게 채워갔다. 갑자기 눈자위가 뜨거워졌다. 그래, 아마 이런 감정일지도 모르겠다.

"네일아트를 해줘."

"루이루이?"

너의 마법을 그 아이에게도 걸어줘. 나한테는 그게 아주 기뻤으니까. 그 말을 하려는 순간, 참고 있던 눈물이 왈칵 쏟아졌다.

"왜 그래? 루이루이? 괜찮아?"

괜찮아.

괜찮아.

이 눈물은 네가 준 다정함의 결정체니까. 이런 눈물이라면, 나쁘지 않아. 나는 지금 너무 기뻐서, 그래서 울고 있는 거야.

"앞으로 너를. 아일루라고 불러도 돼?"

당황한 기색으로 내 얼굴을 살피던 구라타가 당연하다는 듯이 말했다.

"뭐야. 왜 그래, 갑자기. 당연히 되지. 우리 친구잖아. 근데 왜 그래? 뭐 안 좋은 일 있었어? 말해봐, 야."

"고마워, 아일루."

눈물이 뚝뚝 책상 위로 떨어졌다. 누군가는 한심하다고 무시할지도 모르지만, 내가 좋아하는 만화도, 아일루의 네일아트도, 나에게는 마음을 따뜻하게 해주는 아름다운 것이었다. 그와 마찬가지로, 아무리 남들이 무시할지라도 나의 진정한 가치가 변하지 않는다면 언젠가 이 눈물이 나를 덮고 있는 것들을 녹여줄 날이 올 것이다. 그러니까 그날까지 나는 이 아름다운 반짝임을 몸에 두를 것이다.

아일루의 마법으로 그려낸 은하의 별들처럼. 고운 빛을 눈가에 담고. 언젠가 누군가의 마음을 움직일 수 있는 다정한 사람이 될 수 있도록.

6.

교실 속 책등들

— 미사키 에리코 이야기

도 서 실

어쩌면 내 인생은 완전히 실패했는지 모른다.

즐거워하는 웃음소리를 들으며 나는 진심으로 그렇게 생각했다. '괜찮아질 거야'라며, 아무 근거도 없이 스스로를 달래는 것도 이미 지긋지긋했다.

나는 입술을 깨물며 욱신거리는 무릎을 조용히 어루만졌다. 울면 안 돼! 그건 이 비참함을 인정하는 거야.

고개를 들자, 교실 웃음소리의 중심에 있는 호시노가 보였다. 재밌다는 눈빛으로 무릎 꿇은 나를 깔보듯 내려다보며, 호시노는 누군가 내 다리를 걸어 넘어뜨린 것을 잘한 일인 양 박수를 치고 있었다.

어쩌다 이렇게 됐을까. 어디서부터 잘못된 걸까. 이젠 다시 되돌릴 수도 없다. 난 앞으로 어떻게 되는 거지?

분명한 사실은 단 하나다. 나, 미사키 에리코의 인생은 망했다는 것.

*

초등학생 때부터 나는 무척 예민하고 소심한 아이였다. 특히 큰 소리를 싫어했다.

한번은 이런 일이 있었다. 가족과 함께 영화관에 간 날, 내 좌석 아주 가까이에서 자기 아이에게 큰 소리로 화를 내는 아버지를 목격했다. 내가 혼나는 것도 아닌데 왠지 심장이 졸아드는 기분이었다. 영화가 시작된 뒤에도 그 사람이 또 큰 소리로 화를 내면 어쩌나 불안해서 나는 안절부절못했고, 영화 내용은 하나도 머릿속에 들어오지 않았다. 다행히 그 아저씨는 영화가 상영될 동안 조용했고, 끝나고 나서는 그렇게 야단쳤던 자기 아이와 즐겁게 감상을 나누며 영화관을 나갔다. 나만 괜히 눈치 보며 벌벌 떨었던 거다. 어두운 내 표정을 보고 부모님이 걱정할 정도로.

이런 성격 때문에 나는 다른 사람들의 안색을 살피며 살기 바빴다. 누구에게도 혼나고 싶지 않고, 미움 받고 싶지 않았다. 툭하면 불안한 마음으로 살아간다는 건 정말 고통이다. 좀 더 편안하게 숨 쉬며 살고 싶다.

친구들과 함께 있을 때도, 혹시 내가 모두를 지루하게 하고 있지는 않은지, 말 한마디로 누군가에게 상처주고 있지는 않은지 늘 불안했다. 그렇게 행동한 덕분인지 그동안 친구 문제로 곤란한 일은 없었다. 그렇지만 특별히 내세울 만한 재능이 있는 것도 아니라서, 나는 언제나 다른 사람들의 눈치를 살피며 지냈다. 외모를 꾸미는 데도 신경을 많이 썼고 촌스럽게 보이지 않으려고 노력했다. 과장되게 고개를 끄덕이며 맞장구를 치고 큰 소리로 웃으며 내 존재를 어필했다. 스스로 화제를 꺼내지는 않았지만, 누군가 던진 화제에는 빠르게 반응하며 즐겁게 웃어댔다. 그렇게 잘해왔다고 생각했다.

하지만 문득 현실을 자각할 때면, 내 웃음소리가 마치 다른 사람의 것처럼 들리곤 했다. 그건 내가 싫어하는 종류의 소음과 아주 비슷해서 가끔 그 웃음이 누군가에게 상처를 주진 않았을까 하는 불안에 사로잡혔다.

1학년 때 있었던 일이다. 과학 수업에서 평소에는 별로 말도 안 해본 애와 같은 조가 되었다. 다른 두 친구는 나와

늘 붙어다니는 아이들이라 워낙 친했기에, 그 애만 우리 조에 잘 어울리지 못하고 겉도는 느낌이었다. 성격이 차분한 아이라 살짝 정신없는 분위기에 금방 섞이기가 쉽지는 않았을 것이다. 어쩌면 사나에와 레나는 사타케라는 그 아이와 정말 친해지고 싶었던 것일지도 모른다. 그 애들 나름의 방식으로 사타케에게 말을 걸고 허물없이 대하려고 했던 거겠지. 하지만 그 방식은 자칫 놀리는 말투로도 들릴 수 있었고, 사타케는 어쩐지 난감해하는 표정을 짓고 있었다. 사나에와 레나는 눈치가 없어서 사타케가 불편해하는 것을 알아채지 못했다. 나만 그 표정을 읽었고, 답답한 분위기를 못 견뎌 사타케를 도와주려는 말을 내뱉었다. 너무 급하게 말하다 보니 무슨 말을 했는지는 잘 기억나지 않는다. 다만, 사타케는 우리와 캐릭터가 다르다는 식의 말을 했던 것 같다. 생각지도 않게 목소리가 컸지만, 나는 그저 사나에와 레나에게 그런 식으로 다가가면 실례라는 말을 하려던 것뿐이었다.

그런데 내 말을 듣고 사나에가 웃었다.

"캐릭터가 다르다는 게 뭐야? '아싸'라는 말이야? 에리도 참, 너무하네."

사나에와 레나가 둘 다 폭소를 터뜨렸다.

그런 뜻으로 한 말이 아니었지만, 나는 그저 어색한 웃음을 지을 수밖에 없었다. 당황해서 사타케를 쳐다보는데, 순간 눈이 딱 마주쳤다. 그때 나는 가슴 깊은 곳이 서늘해지는 느낌을 받았다. 그 애가 실망한 표정으로 나를 보고 있었던 것이다. 나는 상처를 주고 말았다.

왜 그랬을까. 항상 다른 사람의 눈치를 살핀다고 살폈는데, 이상하게 결과는 늘 이 모양이다.

그날 이후로 사타케와는 거의 대화를 나눈 적이 없다. 그때의 일을 사과하고 싶었지만, 용기가 나지 않았다. 그래서 그 일에 대한 벌을 받았는지도 모른다. 하필이면 호시노한테도 같은 실수를 저지르고 말았으니까.

*

점심 도시락을 들고 목적지도 없이 복도를 걸었다. 점심 먹을 장소를 찾아야 했다. 언제나 이 시간은 우울하고, 배고픔보다도 숨 막히는 답답함으로 가슴이 터질 것 같았다.

어디로 가지?

복도를 돌아봤다. '아무도 보지 못했으니 오늘은 괜찮겠지.' 그렇게 스스로를 다독이며 불 꺼진 다목적실로 쓱 들어갔다. 불을 켜면 들킬까 봐 전등도 켜지 않고, 두근거리는 가슴을 진정시키며 문을 등지고 잠시 기다렸다.

인기척이 느껴지지 않는 것을 확인한 뒤, 출입문에서 잘 보이지 않는 테이블을 골라 앉았다. 그리고 들고 있던 도시락을 조심스럽게 내려놓았다. '빨리 먹고 끝내자.' 그런데 도시락을 싼 보자기의 매듭이 너무 단단해서 쉽게 풀어지지 않았다. '빨리해야 해, 빨리.' 그럴수록 조바심만 나서 손가락이 마음대로 움직이지 않았다. 간신히 매듭을 풀고, 도시락이 눈앞에 드러난 바로 그 순간.

"아, 여기 있었네, 여기서 먹자!"

전등이 켜지면서 실내가 확 밝아졌다. 왁자지껄한 웃음소리와 함께 한 무리의 여자애들이 들어왔다. 그 아이들은 순식간에 옆 테이블을 차지하고 가져온 도시락을 하나둘 꺼내 펼쳐놓기 시작했다. 나는 몸을 움츠리고 수다를 떠는 그 애들을 보지 않으려고 고개를 숙였다.

그러나 곧 키득거리는 웃음소리가 들려왔다.

"왜 혼자 있는 거야?"

"친구가 없나 보지."

"말 걸어볼까?"

"에이, 점심 먹을 친구도 없는 걸 보니 인성에 문제 있는 것 같은데."

"너희 그거 알아? 그런 걸 '사고 물건(일본의 주택 가운데 불미스러운 사건의 현장이었던 장소를 일컫는 용어_역주)'이라고 한대!"

"2학년이 됐는데 친구가 없다니, 인생 망했네."

깔깔깔깔.

손을 쓰지 않고 귀를 막을 수 있다면 얼마나 좋을까.

양손으로 귀를 막으면, 내가 그 말에 상처받았다는 것을 저 아이들에게 알려주는 꼴이 된다. 저들의 작전이 제대로 먹혔다는 걸 스스로 고하는 셈이고, 결국 내가 졌다는 걸 증명하는 꼴이다. 그러니까 나는 상처받지 않은 척해야 한다.

내 인생은 망했다.

교실에서도 이런 괴롭힘이 지속적으로 이어져, 나는 지푸라기에라도 매달리는 심정으로 인터넷을 뒤져본 적이 있다. 잠들기 전 이불 속에서, 혹은 화장실 안에서, 숨을 쉴 수 없을 만큼 숨이 막혀서 어떻게든 학교에 가지 않아도 되는 방법을 찾았다.

인터넷 게시판에는 괴롭힘을 당하면서까지 학교에 갈 필요는 없다고 하는 글이 올라와 있었다. 하지만 반박하는 글들도 많았다. '학교에 갈 필요가 없다는 건 무책임한 말이다', '그 후 아이의 인생을 누가 책임질 거냐'는 등의 의견이었다. 이들은 학교에 안 가면 출석 일수가 부족해 고등학교에 갈 수 없고, 학력이 떨어져 대학에도 못 가며, 청춘을 제대로 보내지 못한 콤플렉스 때문에 사회생활이 어려워지고, 결국 집안에 틀어박혀 지내는 경우가 많다고 주장했다. 정작 교실에서 격리되어야 하는 건 괴롭히는 쪽인데, 왜 피해자가 도망쳐야 하느냐는 불합리함을 지적하는 말도 있었다.

나는 그 글들을 읽으며 가슴이 서늘하게 식는 느낌을 받았다. 만약 내가 호시노 같은 애들에게 굴복해 학교 다니는 것을 포기한다면, 내 인생은 이 어른들의 말처럼 될지도 모른다.

진짜로 인생이 망해버리는 거다.

그때, 전등 불빛을 차단하듯 그림자가 드리워졌다. 나는 깜짝 놀라 고개를 들었다. 옆에 서서 내 도시락을 들여다보고 있는 건 호시노였다.

"어머! 미사키, 무슨 일 있어?"

호시노가 히죽히죽 웃으며 말했다.

"도시락이 하나도 안 줄었잖아. 다이어트 중?"

그 말이 뭐가 재밌다는 건지 여자애들이 무슨 불꽃이라도 튄 것처럼 한꺼번에 웃음을 터뜨렸다.

나는 도시락 뚜껑을 닫고, 보자기로 다시 쌌다. 그리고 도망치듯 다목적실을 뛰쳐나왔다.

"뭐야, 무시하는 거야? 완전 기분 나쁜데!"

호시노의 말을 뒤로하고 복도를 달렸다.

곧 다음 수업이 시작될 거라서 새로운 장소를 찾아 밥을 먹을 시간은 없었다. 결국 나는 화장실 칸막이 안으로 들어갔다. 안고 있던 도시락을 가만히 내려다보았다.

오늘도 실패다.

이대로라면 분명 엄마가 걱정할 거다. 일하느라 바쁜 와중에 애써 싸준 도시락인데. 그러니까 먹어야 해.

나는 변기에 앉아 무릎 위에 올려놓은 도시락을 열었다. 방향제와 그것과는 결이 다른 불쾌한 냄새가 뒤섞인 비좁은 공간. 그 안에서 젓가락으로 밥을 집어 들고 입으로 가져갔다. 아무 맛도 나지 않았다. 그저 구토를 유발하는 감각만 불러일으키며 입안을 시큼하게 했다. 늘 엄마가 정성껏 싸주는 맛있는 도시락인데. 내가 얼마나 좋아했는데. 그러나 지금은 금방이라도 토할 것만 같았다. 차오르는 눈물과 헛구역질을 참으며 조금씩 젓가락을 움직였다. 툭툭 떨어지는 밥알이 치마 위에 붙었다.

"어머, 무슨 냄새 안 나?"

"설마, 누가 화장실에서 밥 먹고 있는 거 아냐?"

"으악, 불결해! 그건 진짜 인생 끝장난 거 아냐?"

화장실 거울 앞에서 수다를 떠는 호시노 무리의 깔깔대는 목소리를 들으며, 나는 오늘도 밥알을 삼키지 못한 채 변기에 뱉고 물을 내렸다.

*

계기는 아주 시시하고 단순한 것이었다.

호시노와 츠지모토는 1학년 때부터 그럭저럭 친하게 지냈다. 그런데 언제부턴가 호시노가 츠지모토를 차갑게 대하기 시작했다. 츠지모토는 분위기 파악에 좀 둔한 구석이 있달까, 밝고 낙천적인 애라서 그런 호시노의 태도 변화를 눈치채지 못했던 것 같다. 오히려 마음을 졸였던 건 같은 교실에 있던 우리였다. 어딘가 불편한 그 분위기는 서서히 더 냉랭해졌고, 어느 순간부터 호시노는 츠지모토를 노골적으로 험담하기 시작했다. 대상은 츠지모토의 취향이었다. 만화 캐릭터를 좋아하고 그런 굿즈를 모으는 취미가 징그럽다고 조롱한 것이다. 교실 안에서 호시노의 발언권은 워낙 절대적이라서 그 애가 징그럽다고 말하면, 징그러운 거였다. 아무도 그걸 반박할 수 없었다. 교실 안의 나머지 아이들도 호시노가 하는 말에 장단 맞춰 고개를 끄덕이며 웃고 떠드는 것이 이 교실의 일상적인 모습이었다. 나 역시 그걸 의식해서 힘 있는 아이를 따라하고 인기 있는 아이 뒤에 붙어서 큰 소리로 낄낄대며 웃었다. 나는 아무것도 가진 게 없으니 그렇게라도 안 하면 살아남을 수 없다고 생각했다. 그걸 잘 알고 있었으면서도, 그때의 나는 상처받은 표정을 내비치면서도 애써 밝게 행동하려고 하는 츠지모토를 보고 무척 마음이 불편했다.

"저기, 그러는 건 좀 아니지 않아?"

"뭐야, 에리. 유나 편을 드는 거야?"

호시노는 그렇게 말하면서 악마처럼 웃었다 그리고 다음 날부터, 나는 마치 치밀한 회의라도 거친 것처럼 철저히 무시당했다. 츠지모토가 호시노와 같은 반이었다면, 희생양은 그 애로 끝났을지 모른다. 하지만 불행하게도 호시노와 같은 반인 건 나였다. 내가 말을 걸면 아무도 대꾸하지 않았고, 방심하는 순간 어디선가 키득거리는 비웃음 소리가 들려왔다. 귓가에 스며드는 불쾌한 목소리는 서서히 내 몸을 갉아먹는 독으로 변해갔다.

그때부터 며칠째 학교에서 도시락을 먹지 못했다. 도시락의 내용물은 변기에 버릴 수 있지만, 살이 빠지거나 건강이상하면 엄마가 분명 의심하고 걱정할 터였다. 안 그래도 골든위크 기간에 밖에 나가지도, 친구와 놀러가지도 않는 나를 보며 엄마는 수상하게 여겼다.

엄마가 이 사실을 알아서는 안 된다. 엄마한테는 절대로 말할 수 없다. '엄마, 엄마 딸의 인생은 이미 망했어요.' 이런 말을 차마 어떻게 하겠어.

연휴가 끝나고 맞이한 점심시간, 나는 다시 여느 때처럼 학교 건물을 서성였다. '골든위크가 지나고 왔으니 나에 대한 관심이 사라지지 않았을까.' 얄팍한 기대를 하면서. 하지만 기대는 교실에 들어선 순간 산산이 부서졌다. 나를 향한 조소의 눈빛이, 이 게임이 아직 끝나지 않았음을 노골적으로 말해주고 있었다. 오늘도 나는 점심 먹을 장소를 찾아 나서야 하는 것이다.

어떡하지.

2학년이 알만한 빈 교실이라면 호시노와 그 무리가 냄새를 맡고 찾아낼 것이다. 하지만 1학년이나 3학년이 쓰는 층의 복도를 걷는 건 왠지 비참한 기분이 들 것 같아 피하고 싶었다. 가능하면 사람들 눈에 잘 띄지 않고 2학년이 돌아다녀도 이상하지 않을 장소를 찾아야 했다.

있을 만한 곳을 찾아 평소에는 걸을 일이 없는 복도를 걸었다. 한적한 장소를 찾아 걷다 보니 1층 건물 안쪽, 인기척이 들리지 않는 장소에 도착했다. 혹시 출입금지 구역인가 의심스러울 정도였다. 국어 수업 때 딱 한 번 왔던 것 빼고는 온 적 없는 곳, 바로 도서실이었다.

어쩌면 이곳은 괜찮을지도 모르겠다. 나는 주뼛주뼛 문에 손을 대고 조심스럽게 열었다. 도서실은 조용했다. 묵직한 책장이 여러 개 나열되어 있고, 큰 테이블도 보였다. 드문드문 학생들의 모습이 눈에 들어왔는데, 다들 공부를 하거나 책을 읽고 있었다.

나는 조심스럽게 큰 테이블에 앉았다. 배에서 꼬르륵 소리가 울려 가방 안에서 도시락을 꺼냈다.

"분명 괜찮을 거야."

기도하듯 속삭이며 양손을 모았다.

이제 더 이상 엄마의 도시락을 버리지 않아도 된다.

입에 넣은 차가운 달걀말이에서 맛이 느껴지지 않았다. 그래도 어쨌든 목구멍을 넘어갔고, 토할 것 같지는 않았다.

"도시락, 맛있어 보인다."

불쑥 들려온 말소리에 깜짝 놀라 고개를 들었다. 학교에서 누군가 말을 걸어오는 건 호시노 무리뿐이었기에, 나는 순간적으로 그 애들에게 들켰다고 생각했다.

그러나 고개를 들어 보니 앞에 있는 사람은 비아냥거리듯 웃는 학생이 아니라, 어른 여자였다. 나는 멍하니 안경 쓴 여자를 올려다보았다.

"맛있게 먹는 중에 미안하지만." 그녀가 말했다.

"여기서는 음식을 먹으면 안 돼."

"죄, 죄송합니다."

나는 다급히 고개를 숙였다. 아마 도서실 선생님인 모양이다. 그러고 보니 시오리라는 이름의 사서 선생님이 새로 왔다는 얘기를 들은 적이 있다. 이분이 그 시오리 선생님인가 보다. 더 혼나기 전에 나는 서둘러 도시락 뚜껑을 덮고, 보자기로 다시 싸서 도망치듯 도서실을 빠져나왔다. 배에서는 또다시 꼬르륵 소리가 났다.

그럼 그렇지. 어딜 가든 내가 맘 편히 밥 먹을 곳은 없다. 내가 있을 곳은 어디에도 없다. 인생이 망했으니까, 당연한 거겠지.

드라마나 애니메이션에 나오는 반짝이는 청춘을 보낼 권리는 영원히 박탈당했다. 이런 내게 허락되는 건 어두운 방 구석에서 외롭게 인터넷에 매달려 시간을 보내는 것뿐이다. 교실 안 누군가의 변덕 때문에 왕따를 당하고, 단지 그런 이유만으로 나는 인생을 망치게 생겼다.

왜.

왜, 하필 내가.

뭐가 됐든, 이제는 아무래도 상관없다. 미래를 생각하면 차라리 빨리 죽는 편이 나을지도 모르겠다. 나는 계단을 올랐다.

어차피 죽을 거라면 학교에서 죽어야겠다고 생각했다. 그렇게 하면 호시노와 그 무리들이 나에게 했던 짓이 세상에 드러나겠지. 기자들이 알아채고 뉴스에서 다뤄주기라도 한다면, 내 목숨과 맞바꾸는 대가로 그 애들의 인생도 나락으로 끌고갈 수 있을지 모른다. 그러려면 유서를 제대로 써야 한다. 이것이 내가 할 수 있는 최소한의 복수다.

잠깐, 그런데 TV에서는 그런 아이들의 이름이 보도되는 걸 본 적이 없는 것 같은데. 오히려 왕따는 없었다는 학교 측 입장이 더 쉽게 눈에 띄는 것 같다. 명백한 범죄인데도 세상은 당하는 사람의 편을 쉽게 들어주지 않는다. 그렇다면 내가 최선을 다해 저항하는 것도 결국은 아무 의미가 없는 걸까?

역시 망했다. 그냥 조용히 죽는 게 낫겠다. 옥상에서 투신자살을 하자. 그러고 보니 학교 옥상에는 가본 적이 없다. 3층에 옥상으로 올라가는 계단이 있는 것 같으니 가보면 알겠지.

배가 고파서인지 3층에 도착했을 때는 숨이 차고 어지럽고 현기증이 났다. 그래도 더 올라가기 위해 일단 계단에 발을 내디뎠다.

하지만 안타깝게도 옥상으로 이어지는 길은 봉쇄되어 있었다. 열쇠로 잠긴 것이 아니라, 낡은 책상과 의자가 계단참을 절반 넘게 자리를 차지하고 있어 더 이상 올라갈 수가 없었다. 혼자 힘으로는 이것들을 도저히 치우기 힘들 것 같았다. 그 앞에 서자 어떻게 해야 할지 몰라 막막했다.

그런데 자세히 보니 계단참에는 창문이 있었고, 그 창문은 책상으로 가로막혀 있지 않아 안쪽에서 잠금장치를 열 수 있을 것 같았다. 먼지 쌓이고 녹슬어서 굳어버린 창문의 잠금장치를 풀고 창을 옆으로 밀어 열었다. 창틀을 붙잡고 몸을 내밀면 뛰어내릴 수 있을 것 같았다.

옥상은 아니지만, 이 높이에서 떨어진다면 즉사하지 않을까? 여기서 떨어지면 분명 눈에 띌 거야. 그리고 학교에서 은폐하지 못하도록 치밀하게 유서를 남기면 억울함을 해소할 기회가 있을지도 몰라.

노트와 펜은 가방 안에 있고, 여기 있는 책상과 의자를 쓰면 될 것 같았다. 나는 뽀얗게 먼지 쌓인 책상과 의자를 하나씩 내렸다.

의자에 앉아 노트를 펼치려는 순간, 배에서 요란한 소리가 울렸다. 죽는 건, 최소한 도시락을 먹고 난 다음에 해도 늦지 않을 것 같다. 창고 같은 계단참 구석에서 도시락을 열었다. 아까 보자기를 한 번 풀었던 탓인지 이번엔 매듭이 쉽게 풀렸다. 젓가락으로 차가운 밥을 집어 입에 넣었다. 너무 맛없었다. 정말이지 너무 맛이 없었지만, 나는 배를 채우기 위해 젓가락을 계속 입으로 가져갔다. 왈칵 눈물이 쏟아져 아무것도 보이지 않았다. 도시락에서는 그저 짠맛만 났다.

배가 좀 채워지자 마음이 차분해졌다. 시계를 보니 이제 곧 다음 수업이 시작될 시간이다. 지금은 그만두는 게 좋을 것 같다. 수업 중이라 뛰어내려도 아무도 눈치채지 못해 효과가 약해질 수도 있고, 게다가 도시락을 먹은 지 얼마 안 되어 으스러진 몸속에서 추한 것들이 튀어나올 수도 있다. 그건 싫다. 그러니까 어쩔 수 없다. 오늘은 작전 중지.

계단을 내려가 3층 복도로 나왔을 때였다.

"아, 아까 걔."

마주친 순간 그렇게 말을 건 사람은 도서실의 그 선생님이었다. 지금 막 3층에 올라온 것인지, 아니면 어딘가로 급히 가던 중이었는지, 선생님은 살짝 숨을 헐떡였다. 나는 나쁜 짓을 하다가 들킨 사람처럼 조용히 고개 숙여 인사하고 그 자리를 벗어나려고 했다.

"잠깐만."

그 선생님이 나를 불러 세웠다.

"네? 왜요?"

"긴장할 거 없어." 선생님은 안경을 고쳐 쓰면서 웃었다.

"화난 거 아니니까. 도시락은 먹었어?"

나는 고개를 끄덕였다.

"그래. 다행이네." 선생님은 미소를 짓더니 곧 고개를 갸웃거리며 물었다.

"도서실에서는 처음 본 것 같은데."

"맞아요. 거의 안 갔어요."

선생님은 고개를 끄덕이더니 내 이름표를 보고 말했다.

"음식물 섭취는 금지되어 있지만, 미사키는 언제든 책을 읽으러 도서실에 와도 돼."

"책은 안 읽어요."

"왜?"

"왜라뇨."

"책을 안 읽어도 괜찮아. 공부하러 와도 되고 만화책을 봐도 되고……. 아, 만화책도 책은 책이지."

"만화책을 봐도 되나요?"

“비밀이지만, 돼.”

선생님은 비밀을 털어놓기라도 하듯 조심스럽게 말했다.

“생각해 볼게요.”

나는 그렇게 말하고는 서둘러 계단을 내려갔다. 서두르지 않으면 수업에 늦을 테니까. 방금 전까지만 해도 죽겠다는 생각을 했었으면서 수업 시간을 신경 쓰는 내가 스스로도 웃겼다.

“또 보자.”

등 뒤에서 선생님의 목소리가 들렸다.

*

다음 날도 그 계단참에서 도시락을 먹었다. 눈에 잘 띄지 않는 곳이라 그런지 호시노 무리가 찾아오는 일은 없었다. 어쩌면 이곳은 안전한 장소가 될지도 모르겠다. 다만, 도시락을 금방 먹게 되어 시간이 남아 심심하다는 것이 새로운 고민이었다.

나는 지루함을 이기지 못해 계단을 내려갔다. 어제 도서실에 갔을 때 익숙한 표지의 패션잡지가 선반에 세워져 있던 게 생각났다.

도서실로 들어가 그 고요함 속을 걸었다. 어제와 마찬가지로 도서부원과 책을 읽거나 공부하러 온 아이들이 몇몇 보였다. 가끔 속삭이는 소리만 들릴 뿐, 이곳은 숨죽인 듯 조용했다. 아무것도 아닌 일로 나를 쳐다보며 키득키득 비웃는 교실과는 사뭇 달랐다.

내 기억대로 10대를 대상으로 한 패션잡지가 선반에 놓여 있었고, 나는 그것을 집어 들었다. 도서실에 이런 책이 있다는 게 이상했지만, 만화책도 허용하는 특이한 선생님이 있기에 가능한 일일지도 몰랐다. 소설이나 만화를 읽을 기분은 아니었는데, 패션잡지가 비치되어 있어서 정말 다행이었다. 최대한 눈에 띄지 않는 구석 자리에 앉아 페이지를 넘기면서 시간을 때웠다.

이런 잡지를 보며 나에게 어울리는 헤어스타일을 연구하고, 등교 전에 앞머리를 다듬던 때가 그립다. 지금은 그럴 기운이 없다. 그런 일에 시간을 들여봤자 좋게 봐주는 사람도 없고, 재수 없게 설친다는 비아냥 섞인 시선만 받을 뿐이다.

그래서일까, 잡지 속 내용이 하나도 흥미롭지 않았다. 잡지에 실린 귀여운 옷이나 소개된 영화, 그 어떤 것도 이제는 내가 닿을 수 없는 세계에 있는 것만 같았다. 세부 내용을 따라 읽을 기분이 들지 않았다. 아무것도 마음에 와닿지 않았다. 설레지도, 두근거리지도 않았다.

입술 사이로 한숨이 새어 나오기 직전, 가슴속에서부터 목구멍을 타고 올라온 무언가가 식도 언저리에서 꽉 조여들어 숨이 막힐 듯 답답해졌다.

"왔구나."

어깨너머로 작은 목소리가 들려왔다. 돌아보니 시오리 선생님이 서 있었다. 무거워 보이는 책을 여러 권 껴안은 채, 내가 펼쳐놓은 잡지를 보고 있었다.

"제대로 독서도 하네."

나는 얼른 잡지를 덮었다.

"이것도 독서라고 할 수 있어요?"

"그럼." 당연하다는 듯 선생님은 말했다.

"일단, 책을 펼쳤으면 독서지."

이렇게 화려한 사진이 가득하고 반짝이는 효과를 넣어 꾸민 글자만 있는 얇은 잡지라도 선생님에게는 독서가 되는 모양이다. 독서의 기준이 꽤 관대한 어른이다.

"아니면 소설이라도 읽어볼래?"

시오리 선생님의 질문에 나는 고개를 저었다.

"소설은 싫어요."

선생님은 당황한 듯 눈을 깜빡거리며 뒤로 물러났다.

“그럼, 만화는? 미사키는 어떤 만화를 좋아해?”

“만화도 별로 안 좋아해요.”

“어머, 그래? 신기하네.”

“책을 원래 잘 안 읽어서요.”

“그렇구나, 이야기 자체를 별로 안 좋아하는 건가?”

아쉬운 표정의 시오리 선생님은 어느새 들고 있던 책들을 테이블 한쪽에 내려놓고 있었다.

“이야기는 좋은 건데. 다양한 사람들의 감정을 상상할 수도 있고, 읽다 보면 마음이 따뜻해지거든.”

아무래도 이 선생님은 나에게 독서를 권하고 싶은 모양이다. 사서 선생님이니까 당연한 건지도 모르지만. 그건 그렇고, 아무리 목소리를 낮췄다고는 해도 사서 선생님이 도서실에서 이렇게 수다를 떨어도 괜찮을까? 괜히 걱정스럽다.

“저는 이야기가 어려워요.”

“왜?”

“왜냐면…….” 나는 시선을 아래로 떨어뜨렸다.

환하게 웃는 여자애들의 표지 사진으로 꾸며진 잡지를 바라본다.

“저랑은……다르니까요.”

“다르다고?”

나는 볼멘소리로 말했다.

"이야기 속 세상은 현실과 다르잖아요. 주인공은 특별한 재능을 가지고 있거나, 아무것도 가진 게 없어도 내 편이 있고, 친구가 있고……."

그건 나와는 너무 다른 얘기였다.

사실 처음부터 책을 싫어했던 건 아니다. 맞벌이하는 부모님의 퇴근이 늦을 때면 나는 늦게까지 혼자 있는 날이 많았다. 혼자 있으면서 게임을 많이 할까 봐 걱정이 됐는지 부모님은 책을 많이 사주었다. 초등학교 고학년쯤부터는 아동서적이 아닌 일반 소설이나 라이트노벨을 읽곤 했다.

그 속에서 펼쳐지는 눈부신 청춘 세계는 잠시 마음이 쉬어갈 수 있는 공간이었다. 멋진 남자친구가 있고 모두에게 사랑받으며 친구들과 힘을 합쳐 어려움을 이겨내는 이야기. 아무리 힘들고 괴로운 일이 있어도 손에 땀을 쥐고 계속 읽다 보면 마지막에는 꼭 구원이 있었다. 다른 세계로 모험을 떠나고, 몬스터와 싸우고, 이 세계의 수수께끼를 풀어가는 그런 이야기를 읽다 보면 가슴이 두근거렸다.

그런데 어느 날, 갑자기 그런 생각이 들었다. 이야기 속 주인공들에 비해 나는 대체 어떤 모습일까. 책을 덮고, 거울을 들여다보면, 그 안에는 예민하고 별다른 재능도 없는 여자애가 있을 뿐이었다. 이야기 속 청춘을 동경하고, 그저 남들에게 붙어서 힘 있는 아이들의 눈치를 필사적으로 살피는 것밖에 할 줄 모르는, 너무도 시시한 인간이었다.

독후감 숙제를 하기 위해 얼마 전에 읽은 책에서도 그랬다. 주인공에게는 꿈과 열정이 있고 달콤한 사랑도 허락되고, 마음이 무너질 것 같은 순간에는 옆에서 지지해주는 친구들이 있었지만, 나는 그렇지 않다. 교실에선 무시당하고 조롱당하며 누군가와 함께 시간을 보내는 것조차 허락되지 않는다. 왜 나는 저렇게 될 수 없는 걸까, 왜 나는 저 애들과 다른 걸까. 현실과의 괴리에 괴롭기만 할 뿐이었다.

나를 괴롭히는 교실의 아이들은 오히려 저렇게 청춘을 활기차게 보내고 있는데.

"아무리 힘들고 괴로운 이야기라도 마지막에는 반드시 누군가가 나타나서 구해주잖아요. 그런 건 현실에서는 있을 수 없는 일 아닌가요? 그럼, 그런 걸 읽어봤자 내 인생이 뭐가 달라지겠어요."

"그렇게 생각할 수도 있겠네."

내 말에 선생님은 순순히 동의하며 씁슬하게 웃었다.

"그렇지. 현실은 이야기와는 달라서 잘 풀리지 않는 일이 더 많지. 그렇게 때문에 누군가에게 도움을 받고 싶을 때는 스스로 먼저 도와달라고 목소리를 내야 해."

그런다고 누가 도와주지도 않잖아요.

나는 답답한 마음에 선생님에게서 시선을 돌렸다.

"그런데 있잖아, 이 세상에는 미사키가 생각하는 것과 다른 이야기들도 많이 있어."

정말일까. 나는 의심의 눈빛으로 선생님을 돌아보았다.

"내 말 못 믿겠지? 그럼 미사키가 읽어보고 싶은 이야기를 말해줘. 선생님이 찾아줄 수 있으니까."

"정말요?"

"이래 봬도 나, 학교 사서라고."

자랑스럽게 말하는 선생님의 표정이 어딘가 좀 유치해 보여 믿음이 가지 않았다. 하지만 내가 뭔가를 말하기 전까지 선생님은 이 자리를 떠날 것 같지 않았다. 읽어보고 싶은 이야기라니, 갑자기 물으니 바로 떠오르는 게 없었다.

"읽고 싶지 않은 이야기라면 말할 수 있는데요."

그러자 선생님의 얼굴이 환하게 밝아지더니 몸을 앞으로 쑥 내밀어왔다.

"괜찮아. 그것도 좋아."

나는 햇살에 눈이 부실 때처럼 살짝 얼굴을 찡그렸다.

선생님의 시선을 피해 천천히 말했다.

"연애 이야기는 싫어요." 나는 사랑 같은 건 못하니까.

"동아리 이야기도 안 돼요." 마음에 드는 동아리가 없으니까.

"우정 이야기도 별로예요." 나한테 친구 따윈 없으니까.

"여중생이 주인공이어야 해요." 그런 이야기가 있을 리 없잖아.

조금은 선생님을 난처하게 할 속셈이었다. 시오리 선생님은 고개를 갸웃거리고는 입을 열었다.

"좋아. 그런 거라면……."

선생님은 눈빛을 반짝이며 뭔가를 말하려다 입을 다물었다. 그리고 어깨를 축 늘어뜨리며 말했다.

"미안. 모르겠어."

큰소리친 결과가 '모르겠어'라니. 뭐, 당연히 그럴 거라고 생각했지만 한편으론 김이 빠졌다.

애초에 소설은 어른들이 주로 쓴다. 그래놓고는 아이에게 그 이야기를 읽게 하고 기세등등해진다. 어른들이 읽히고 싶어 하는 이야기는 대체로 정해져 있다. 우정이라든가 노력, 연애 같은 것들만 가득하고, 그런 걸 할 수 없는 사람의 마음 같은 건 조금도 고려하지 않는다.

"그래도 걱정할 거 없어."

시오리 선생님은 또다시 자신만만한 표정으로 말했다.

"잠깐만 기다려 봐." 그러고는 책장 맞은편, 접수대와 사서실이 있는 쪽으로 가더니 노트 한 권을 들고 곧장 돌아왔다.

"짠!"

선생님은 역시나 자신만만한 표정으로 그것을 내밀었다.

"뭐예요, 이게?" 나는 어이가 없어서 물었다.

"〈책 처방 노트〉야."

그건 굳이 말 안 해도 알록달록한 펜으로 노트 표지에 쓰여 있는데요.

"어떤 내용의 책을 읽고 싶은지 여기에 쓰면, 이 노트를 읽은 누군가가 그 조건에 맞는 책을 추천해줄 거야. 나뿐만 아니라 도서부원이나 도서실을 이용하는 다른 친구들도 누구든지 쓸 수 있어. 아, 물론 익명이니까 안심해."

선생님은 노트를 휘리릭 넘기며 그렇게 설명했다. 다양한 아이들의 글씨로 저마다 읽고 싶은 책과 궁금한 책에 대한 요청과 질문이 적혀 있었다. 물론, 그 모든 질문에는 답변이 빼곡하게 달려 있었다.

"선생님이 잘 몰라도, 다른 누군가가 미사키가 원하는 책을 찾아줄지도 모르잖아."

"괜찮아요, 굳이 그렇게까지 하지 않아도."

조금 귀찮다는 생각이 들었다.

"에이, 그냥 쓰기만 하면 돼, 쓰기만. 이름은 안 써도 되고. 이 노트에 몇 줄 쓰기만 해도 재밌는 책이나 읽고 싶은 책을 만날 수 있는 거야. 무조건 이득이잖아."

이 선생님, 꽤나 집요하네.

나는 작게 한숨을 내쉬고 그 노트를 끌어당겼다.

"그럼 조금만 쓸게요."

"아싸!"

뭐가 그렇게 기쁜지 선생님은 들뜬 목소리로 그렇게 외쳤다. 도서실에서는 조용히! 라고 말해주고 싶을 정도였다.

나는 시오리 선생님이 내민 볼펜을 받았다. 수많은 메모가 적힌 노트의 마지막 여백에 선생님에게 말했던 조건들을 그대로 적었다.

이런 책이 있을 것 같지도 않고, 있다고 해도 그런 책을 읽는 아이가 있을 것 같지는 않지만. 그래도 지금까지의 페이지를 보면 모든 요청에 누군가는 반드시 답을 해주는 것 같았다.

"다들 왜 이렇게 정성스럽게 답장을 해주는 거예요?"

나는 페이지를 넘기며 중얼거렸다.

"자기가 좋아하는 책을 누군가 함께 읽는 건 정말 기쁜 일이니까."

그런가.

"같은 것을 좋아하고, 감상을 공유할 수 있다는 건 정말 행복한 순간이야. 이 넓은 세상에서 비슷한 감성을 가진 사람을 만나는 거니까. 그게 바로 독서의 묘미 아니겠어?"

신나게 이야기하는 선생님의 말을 들으며, 나는 질문을 적은 노트를 덮었다. 그렇게까지 기대하는 건 아니지만, 그래도 과연 누가 내 요청을 들어줄지 조금은 기대를 하면서.

*

학교생활에서 가장 힘든 건 10분밖에 안 되는 쉬는 시간이다. 이 시간은 너무 짧아서 어디 도망도 못 가고 어떻게든 교실에서 버텨야 한다.

오늘은 자는 척을 했다. 여자애들이 내지르는 날카로운 목소리에 귀를 막듯이 눈을 꼭 감고, 이마를 책상 표면에 누르며 참고 인내했다. 얼마 전까지만 해도 익숙했던 그 시끌벅적한 소리가 지금은 트럭의 경적처럼 내 심장을 짓뭉개려고 했다.

앞으로 5분만, 5분만 더 버티면 된다.

스스로를 다독이고 있는데 얼굴 가까이에서 "툭" 하고 이상한 소리가 들렸다. 깜짝 놀라 고개를 들자, 내 책상 위에 커다란 바퀴벌레가 떨어져 있었다.

온몸에 소름이 돋는 동시에, 반사적으로 비명을 질렀다. 나는 의자에 앉은 채 뒤로 물러나다 넘어져 바닥에 엉덩방아를 찧었다. 그러자 교실은 순식간에 웃음바다가 되었다. 모두 즐겁고 신나는 표정으로 크게 웃으며 나를 향해 손가락질했다. 여러 개의 핸드폰 카메라 렌즈들이 나를 향했고, 한심하게 비명을 지르는 내 모습이 SNS 여기저기 퍼질 기세였다. 책상 위 바퀴벌레는 장난감이었는지 꼼짝도 하지 않았다.

"바보 아냐?"

"대박, 비명소리 엄청 컸지?"

"그 표정 봤어? 완전 빵 터짐."

비웃고 놀리는 소리를 듣다가 나는 쿵쾅거리는 심장을 안고 교실을 뛰쳐나왔다. 복도에서 스쳐 지나가는 심술궂은 속삭임이 들려왔다.

"어디 가?"

"놀라서 오줌이라도 지린 거 아냐?"

"으악, 더러워! 이제 학교에 안 왔으면 좋겠다!"

이런 일은 지금까지도 종종 있었다. 아이들은 내가 보이는 반응을 카메라로 찍어 비공개 SNS에 공유했다.

예전에도 녹화하는 모습을 선생님한테 들킨 적이 있었지만, 호시노 무리는 "친한 애들끼리 장난치는 거 찍어서 동영상 만드는 거예요"라고 둘러댔다. 선생님은 그런 건 학교 밖에서 하라며 가볍게 꾸짖는 것으로 끝냈다. 나는 아무 말도 할 수 없었고, 모두와 친하게 지냈을 때처럼 그들의 표정을 살피며 미소를 짓고 있었다. 만약 선생님에게 뭔가를 말했다가는 더 끔찍한 일이 벌어질 것이다. 호시노 무리가 웃으며 쳐다보는 눈빛이 내게 그렇게 말하고 있었다.

이런 시간을 겨우 넘기고 찾아오는 점심시간이 유일하게 내가 쉴 수 있는 시간이었다. 먼지가 자욱한 계단참에서 몸을 웅크리고 아무 맛도 나지 않는 밥알을 입 안에 넣는다. 벌써 오랫동안 엄마의 맛있는 도시락 맛을 못 느끼고 있다. 그래도 구토는 하지 않으니까 괜찮다. 예전처럼 누군가와 함께 도시락을 먹으며, "에리 어머니는 요리를 잘하시는구나." 하는 말에 어깨가 으쓱해지는, 그런 소소한 이야기를 하며 즐거운 점심시간을 보내고 싶다.

왜 나만.

왜. 왜.

이곳은 분명 마음놓고 쉴 수 있는 곳이었는데, 눈 안쪽이 뜨거워져서 금방이라도 끓어오를 것 같았다.

"어머, 거기 누구 있어요?"

느닷없이 소리가 들려왔다. 나는 비명을 삼키듯 어깨를 움츠렸다. 설마, 호시노와 아이들이 여기까지 악마의 손길을 뻗어온 걸까. 계단을 올라오는 발소리에 공포를 느끼며 나는 겁에 질린 채 시선을 돌렸다.

"어머나, 미사키."

안경 너머로 눈을 크게 뜨고 계단을 올라오는 사람은 뜻밖에도 시오리 선생님이었다. 선생님도 나를 보고는 멍하니 쳐다보기만 했다. 나는 영문을 몰라 계단참에서 선생님을 내려다볼 수밖에 없었다.

"아, 혹시 미사키도 여기서 도시락을 먹는 거야? 뭘 좀 아는데."

선생님은 너무나 해맑고 태연하게 말했다. 그러고 보니 선생님 손에는 분홍색 도시락통이 들려 있었다. 넉살 좋게 계단을 올라오더니 내가 쓰고 있던 책상 끄트머리에 도시락을 올려놓았다. 나는 얼빠진 표정으로 선생님의 동작을 지켜보았다. 선생님은 쌓여 있던 의자 하나를 집어서 내 맞은편에 놓았다.

"나 말고도 누가 여기 오는 것 같다 싶긴 했는데. 여기서 같이 먹어도 될까?"

대답할 틈도 없이 선생님은 자리에 앉아 도시락을 하나하나 펼치기 시작했다.

"선생님이 왜 이런 델 오세요?"

"왜냐고?" 선생님은 도시락을 펼치면서 대수롭지 않게 말했다.

"선생님도 가끔은 혼자 있고 싶을 때가 있거든."

그러고는 젓가락을 손에 들고 쿡, 웃었다.

"아, 미사키도 나 신경 쓰지 말고 맛있게 먹어."

"네에……."

"사서실은 도서부원 애들한테 점령당했잖아. 나는 조용한 걸 좋아해서 가끔 이런 데서 밥을 먹어. 미사키는?"

"저는……."

뭐라고 답하면 좋을까. 젓가락을 쥔 채 어중간하게 줄어든 엄마의 도시락을 내려다보았다.

"저도 조용한 곳을 좋아해요."

"그렇구나." 선생님은 웃었다.

"그럼 괜히 내가 와서 불편하게 하나? 시끄러워?"

"아뇨, 괜찮아요."

"다행이다."

선생님은 기쁜 표정을 짓더니 젓가락으로 소시지를 집어 입에 넣었다. 나도 선생님을 따라 느릿느릿 젓가락을 움직여 맛이 느껴지지 않는 달걀말이를 입에 넣고 씹었다.

"여기, 조용하고 방해하는 사람 없어서 좋지?"

"선생님도 자주 여기서 도시락을 드세요?"

"가끔." 선생님은 쑥스러운 듯 고개를 끄덕였다.

"뭔가, 의외네요."

"그래? 나, 이런 곳 꽤 좋아해. 중학생 때는 귀신 나올 것 같은 데서 혼자 밥 먹고 그랬어. 왜, 그런 데서는 만화책 보면서 밥을 먹어도 걸릴 일이 없잖아."

그 태평한 웃음에, 나는 살짝 화가 났다. 나를 그런 이유로 같이 엮지 않았으면 좋겠다. 선생님처럼 인기도 많고 밝은 사람은 내가 어떤 기분으로 여기 앉아 있는지 손톱만큼도 모를 테니까. 나는 그런 시덥잖은 이유로 혼자 있는 게 아니다.

"미사키, 〈책 처방 노트〉에 답장 달렸는지 확인했어?"

나는 대답 대신 고개만 저었다. 그 후에 딱 한 번 확인했는데, 그때는 아직 답이 없었다.

"그래?" 선생님은 아쉬운 듯 천장을 올려다보며 말했다.

“원하는 내용이 너무 소박해서, 그런 책을 찾을 수 있는 아이가 별로 없어서 그런가.”

선생님은 안경 너머로 눈을 크게 뜨고 나를 바라보았다.

“미사키는 자신과 너무 다른 이야기는 싫어?”

선생님의 질문에 나는 고개를 끄덕였다.

“네. 왜냐면…….”

이야기에는 끝이 있고, 구원이 있다. 그것을 믿고 끝까지 읽어나갈 수 있지만, 내가 살아가는 이 현실에는 그런 보장이 없다. 설령 현재라는 시간을 참고 견뎌낸다 해도, 미래의 나는 사랑도 꿈도 이루지 못하고 사회의 짐만 될 것 같은 기분이 든다.

“미래가 불안해?”

아주 중요한 질문이라도 되는 것처럼 시오리 선생님은 진지하게 물었다. 도시락 먹던 손을 멈추고, 젓가락 도시락통 테두리에 살짝 올려놓으면서 나는 선생님의 눈길을 피해 위태롭게 올려진 붉은 젓가락을 바라보며 고개를 끄덕였다.

“그래, 그렇구나.”

잠시 후, 선생님이 말했다.

“그건 어쩌면 이야기가 가진 명암일지도 몰라. 우리는 자신의 인생과 비교할 대상을 이야기 속에서 찾기도 해. 그런 밝고 눈부신 이야기에 몰입해 읽다 보면, 그에 비해 내 인생은 왜 이럴까, 하고 우울해지기도 하지. 선생님도 그런 기분 알아."

"정말요?"

"그럼! 선생님도 주인공이 10대인 이야기를 읽을 때면 '나도 이런 청춘을 보내고 싶었는데 왜 그러지 못했을까' 싶어서 후회되고 속상할 때가 있어."

시오리 선생님의 10대 시절은 어땠을까. 나는 흐린 유리창을 응시하는 선생님의 옆모습을 바라보았다. 안경 너머의 눈동자가 살짝 눈부신 듯 가늘어져 있었다. 그 눈이 나를 바라보며 웃는다.

"근데 있잖아, 그건 자연스러운 일이야. 이야기는 어디까지나 허구니까. 굳이 비교할 필요는 없어. 누구나 다 밝고 즐거운 청춘을 보내야 해? 아름다운 청춘을 보내지 않더라도 우리는 얼마든지 잘 살아갈 수 있어. 내일은 어떤 미래가 기다리고 있을지 아무도 모르는 거잖아."

과연 그럴까.

이렇게 매일같이 혼자 점심을 먹고, 모두에게 조롱 섞인 시선을 받으며 지내는 나 같은 사람에게도 미래를 기대하며 살아갈 만한 가치가 있는 걸까. 아무리 생각해도 도저히 모르겠다. 그럴 것 같지 않다.

"저 같은 애가 좋은 어른이 될 수 없다는 건 뻔한 일이잖아요." 나는 반감이 들어 그렇게 중얼거렸다.

"괜찮아. 그렇지 않아."

선생님은 마치 그렇게 굳게 믿고 있다는 듯 힘주어 말했다.

"선생님도 이렇게 어른이 됐는걸."

선생님과 나는 전혀 다른 사람이라는 걸 선생님은 알까.

반항심이 일었지만, 이렇게 해맑은 선생님을 상대로 반박해봐야 더 이상 소용없을 것 같아 그냥 조용히 밥알을 삼켰다.

*

며칠이 지나서야 노트에 답장이 달렸다. 그걸 조금 아쉽다고 느낀 걸 보면, 은근 기대하고 있었던 모양이다.

수업이 끝나고 여느 때처럼 도서실로 향했다. 요즘 매일 방과 후에는 도서실에서 시간을 때웠다. 재미없는 잡지를 팔랑팔랑 넘기는 정도가 다지만, 집에 가도 엄마가 퇴근할 때까지 혼자 있어야 해서 그것보다는 여기서 잡지를 읽고 가끔 수다쟁이 선생님과 대화를 하는 것도 나쁘지 않았다.

접수대에 아무도 없을 때를 기다렸다가 나는 그곳에 놓여 있는 노트에 손을 뻗었다. '오늘은 답장이 달렸을까?' 불안과 기대가 뒤섞인 마음으로 노트를 넘겼다. 그리고 내 요청 사항에 달린 답장을 발견했다. 노트에는 작고 정갈한 글씨로 두 개의 작품이 적혀 있었다.

의외였다. 이런 말도 안 되는 조건에 두 권이나 추천받을 줄이야.

이 작품은 굉장히 밋밋하지만 질문자님의 취향에 꼭 맞을 것 같아요. 단편집이라 읽기 편하고, 개인적으로 아주 좋아하는 이야기들만 들어 있어요. 단, 주인공은 여자만 있는 게 아니라 남자도 있으니 그 점은 주의하세요.

내가 관심 있었던 건 처음 언급된 이 작품이었다. 소개문에 '굉장히 밋밋하다'라고 쓴 솔직함이 마음에 들었다. 묘한 자신감과 애정이 느껴지는 말투였다. 제목도 친근감이 느껴져 잘 읽을 것 같다는 기대감을 품게 했다.

핸드폰으로 노트를 사진 찍고 메모를 했다. 그리고 그 책을 찾기 위해 책장 사이를 서성거렸다. 어디에 있을까. 저자 이름을 힌트로 '세'로 시작하는 문학 코너를 찾아봤지만, 보이지 않았다.

"뭐 찾는 거 있어?"

다른 책장을 기웃거리다가, 반납된 책을 책장에 정리하고 있던 시오리 선생님과 눈이 마주쳤다. 나는 방금 전 핸드폰으로 찍은 사진을 선생님에게 보여주었다. 선생님은 안경을 만지작거리며 화면에 보이는 책 제목을 확인했다.

"이쪽이야."

선생님은 곰팡이 냄새가 나고 빛이 들지 않는 책장 사이를 조심스럽게 걸어가더니 책장에 꽂혀 있는 그 책을 손으로 가리키며 말했다.

"여기 있네."

그렇게 말하고는 손을 거뒀다. 직접 꺼내라는 뜻인 것 같았다. 무수한 책들이 빽빽하게 꽂혀 있는 책장에서 나는 그 책을 꺼냈다. 그런데 표지를 보고는 살짝 주눅이 들었다. 왠지 어른들이 좋아할 것 같은 수수한 표지였다.

과연 내가 읽을 수 있을까. 걱정이 앞섰다. 선생님은 그런 내 생각을 꿰뚫어보기라도 한 것처럼 웃으며 말했다.

"괜찮아. 읽기 쉽고 좋은 책이야."

그 책을 들고 조용한 테이블 자리에 앉았다. 일단 조금만 읽어볼까 싶어 책장을 펼쳤다. 평소 책을 읽으려 할 때 울적한 기분 탓인지 책 내용이 머릿속에 잘 들어오지 않아 책장을 넘기는 속도가 느렸다.

하지만 이 책은 달랐다. 한번 읽기 시작하자 추천자 말대로 문장이 간결하고 읽기 쉬워, 어느새 시간을 잊고 이야기에 빠져들었다.

그것은 무척 '밋밋한' 이야기였다. 첫 번째 단편의 주인공은 아무것도 가진 것이 없는 여자아이였다. 친구도 별로 없고, 숨겨진 재능도 특기도 없었다. 동아리 활동도 하지 않아서 무미건조하고 지루한 일상을 보냈다. 그 심심한 일상을 도와줄 누군가가 나타나는 것도 아니었다. 주인공이 나와 비슷해서인지 그녀의 감정이 내 마음에 자연스럽게 스며들었다.

눈부신 이야기에 아찔해지지 않아서 더 편했다. 그 주인공이 느끼는 마음의 움직임 하나하나에 공감이 되었고, 표현하는 말들에도 괜히 고개가 끄덕여졌다. 왠지 이 책은 끝까지 읽을 수 있을 것 같았다.

책 읽는 속도는 느렸다. 마음에 드는 문장을 입 안에서 굴리며 몇 번이고 반복해서 읽었기 때문이다. 좋아하는 노래를 흥얼거리듯이 마음에 드는 문장을 눈으로 훑어가는 것은 의외로 마음을 편안하게 했다.

수업 종이 울려서 그제야 정신을 차렸다. 집에 가져가서 읽고 싶었다. 숙제가 아닌 책을 빌리는 건 처음이었다. 책을 들고 대출 접수대로 갔다가, '아차' 했다.

거기에는 내가 아는 여자애가 있었다. 접수대에 팔꿈치를 세워 턱을 괴고 하품을 참으며 한눈팔고 있는 그 아이는 1학년 때 같은 반이었던 사타케였다. 내 어설픈 말 한마디로 그 아이에게 깊은 상처를 주었던 일이 생각났다.

돌아갈까 잠시 망설였지만, 시오리 선생님은 보이지 않았다. 사타케에게 말하지 않으면 책을 빌릴 수 없다.

"저기……."

말을 걸자 그제야 사타케는 나를 알아본 듯했다. 놀란 표정을 지으며 뭔가 어색한 표정을 지었다.

"책을 빌리고 싶은데 어떻게 하면 돼?"

"어? 아, 음." 사타케는 귀찮다는 듯 말했다.

"그럼 책이랑 학생증을……."

내가 내민 책을 보더니 사타케는 순간 말을 잇지 못했다.

"그거."

뭐지. 그 모습이 어딘가 이상해서 나는 살짝 불안해졌다. 혹시 빌려서는 안 되는 책인가?

"못 빌려?"

"아……. 그게 아니라. 그거, 미사키가 쓴 거였어?"

"그거?"

“어, 그, 그거.”

사타케는 접수대에 놓인 그 노트를 가리켰다.

〈책 처방 노트〉

사타케의 모습이 뭘 의미하는 건지 이제 알았다.

“아, 미안. 그러니까, 이거, 추천한 게 나야.”

“그렇구나.”

갑자기 민망한 기분이 밀려와 나는 말을 멈췄다. 무슨 말이라도 해야 될 것 같은데 적당한 말이 떠오르지 않았다.

“자, 여기. 대출 기간은 2주일이야.”

내가 당황해하는 사이, 대출 처리가 끝났다. 나는 멍한 표정으로 사타케가 내민 책을 받아들었다. 그리고 사타케는 살짝 주저하는 기색으로 말했다.

“괜찮으면, 감상 들려줘.”

어쩌면 그건 딱딱하게 굳은 딱지 같은 것이었는지도 모른다. 거의 다 아물었어야 하는 상처인데도 언제까지고 남아, 문득 생각나 손끝으로 살짝 건드리면 따끔한 통증이 느껴지는 그런 상처 자국. 아프다는 걸 알면서도 가끔은 괜히 다시 건드리고 싶어져 그때의 기억을 머릿속에 되살리곤 했다.

그때 상처 입은 건 나도 마찬가지였는지도 모른다. 사타케가 그때의 일을 마음에 두지 않았으면 좋겠다고 생각했다. 혹시 아직 마음에 남아 있다면, 언젠가 미안하다고 말할 수 있는 기회가 있으면 좋겠다. 그리고 그 기회는 생각보다 빨리 올지도 모른다.

"응."

책을 가슴에 품고, 나는 사타케의 말에 살짝 고개를 끄덕였다.

*

이유는 모르겠지만, 시오리 선생님은 그 어둑한 계단참에 가끔씩 얼굴을 비쳤다. 매일은 아니었지만 가방에 도시락과 물병을 챙겨와 환하게 웃으며 책상 위에 점심 식사를 펼쳐놓았다. 혼자 밥 먹는 나를 불쌍히 여겨서 그러나. 하지만 왕따를 당하고 있다는 사실이 선생님에게 알려지면 엄마한테 연락이 갈 테니, 그것만큼은 꼭 숨겨야 했다.

"전 정말로 이 공간이 마음에 들어서 그런 거니까 굳이 저를 신경 쓰지 않으셔도 돼요."

일부러 냉정하게 말했지만, 시오리 선생님은 태연하게 대꾸했다.

"말했잖아. 사서실이 도서부원 아이들로 시끌시끌할 때

는 선생님도 여기저기 방랑하며 혼자 밥을 먹는다고. 여기는 내가 좋아하는 장소 중 한 군데야. 굳이 말하자면 내가 선배인 셈이라고."

여기서 처음 선생님을 우연히 만났을 때, 선생님도 마침 늦은 점심을 먹으러 온 참이었다고 했었다. 그럼 혹시 내가 선생님의 자리를 빼앗은 건가.

"시끄러운 건 싫지만, 그렇다고 계속 혼자인 건 또 외롭잖아. 둘 정도면 딱 좋지 않아?"

나는 눈을 내리깔고, "그런 것 같기도 하고요." 하고 조용히 중얼거렸다. 그리고 도시락에 담긴 달걀말이를 하나 집어 입에 넣었다. 엄마가 양념을 조금 바꿨나. 차가웠지만 달걀말이에서는 오랜만에 단맛이 났다.

점심을 먹으면서 시오리 선생님은 책에 관한 이야기를 많이 물어보았다.

"그 책은 어때? 다 읽었어?"

"아직이요. 제가 읽는 속도가 좀 느려요."

나는 고개를 숙인 채 젓가락을 움직이면서 대답했다. 그러다 괜히 독서에 관심 없는 아이로 보일까 봐 서둘러 말을 덧붙였다.

"너무 빨리 읽어버리면 왠지 아깝다는 생각이 들어서요."

“그럼, 그럼. 선생님도 알지. 그래, 맞아. 마음에 드는 책은 페이지가 줄어드는 게 아쉽지. 좋은 책은 천천히 음미하면서 읽는 게 맞아.”

마음에 들었다고는 아직 안 했는데요.

“선생님은 어떤 이야기를 좋아하세요?”

흔쾌히 공감해주는 시오리 선생님이 고마워서, 나는 선생님은 평소 어떤 책을 읽는지 궁금해졌다.

“내가 좋아하는 이야기는…….”

선생님은 고개를 들어 한동안 어두운 천장을 바라보며 생각에 잠겼다.

“역시, 소설 중에서는 미스터리 쪽이랄까.”

“미스터리요? 살인사건 같은?” 뜻밖이라 나도 모르게 목소리가 높아졌다.

“선생님이 그런 피 튀기는 이야기를 좋아하시다니, 좀 의외네요.”

선생님은 억울하다는 표정을 지었다.

“피 튀기다니, 그런 거 아니야. 미스터리라고 해서 잔인한 살인사건 같은 것만 있는 건 아니야.”

“살인사건이 안 나오는 미스터리도 있어요?”

내가 되묻자, 선생님은 슬쩍 웃으며 나를 바라보았다.

"물론이지, 엄청 많아."

창문으로 들어오는 희미한 햇살이 시오리 선생님의 얼굴을 살며시 비춘다. 순간, 눈동자가 반짝 빛난 것 같았다.

"세상에는 말이야, 사람이 죽지 않는 미스터리도 많아. 선생님은 그런 걸 좋아해."

"그런 게 왜 재밌어요?"

"내가 좋아하는 이야기에 나오는 인물들은 말이야, 일상에서 일어나는 아무리 사소한 일에도 눈을 반짝거리고, 신기한 걸 발견하면 이건 왜 그럴까, 이유가 뭘까, 하고 끊임없이 생각해. 그래서 가까운 사람들이 힘들어하거나 곤란한 상황에 빠지면 재빨리 알아차릴 수가 있는 거지. 그런데 이건 비단 이야기 속 세상만이 아니라 우리가 살아가는 현실에서도 중요한 관점인 것 같아. 내가 좋아하는 건 바로 그 소중함을 가르쳐주는 이야기야."

알 것 같기도 하고 모를 것 같기도 한, 아주 묘하게 이상한 설명이었다.

"우리가 이야기에서 얻을 수 있는 것들은 정말 많아. 미사키도 언젠가 그런 것들을 발견할 수 있으면 좋겠다."

이야기에서 무언가를 얻는다. 나는 그 말이 무슨 의미인지 쉽게 이해되지 않았다. 설령 이야기에서 무언가를 찾고 얻는다 한들 그게 내게 무슨 도움이 될까? 그게 정말 지금의 나를 구원해줄 수 있을까? 호시노 무리를 따끔하게 혼내주거나, 급격히 떨어진 내 성적을 회복시켜주거나, 고등학교, 대학교에 갈 수 있는 내 미래를 다시 찾아줄 수 있을까? 내 인생을 고작 책 속 이야기가 어떻게 해줄 수 있길 바라다니.

"아, 맞다. 미사키, 이거!"

선생님은 어디선가 금빛 액세서리를 꺼내 내밀었다.

그렇다. 처음엔 액세서리라고 생각했다. 금빛으로 빛나는 가늘고 긴 막대 모양의 그것은 끝이 안경다리처럼 둥글게 말려 있고 꽃 모양의 장식이 달려 있었다. 얼핏 보면 비녀 같았지만, 막대 부분이 납작한 걸로 보아 비녀는 아니었다. 나는 그것을 받아들고 꽃 모양 장식에 박힌 파란 보석 같은 걸 바라보았다.

"예뻐요. 그런데 이게 뭐예요?"

"책갈피. 이걸 만드는 게 내 소소한 취미야."

"이걸 선생님이 만들었다고요?"

"그럼."

놀라서 고개를 들자, 선생님은 아이처럼 뿌듯한 표정을 짓고 있었다. 그래서 시오리 선생님이라고 불리는 것일까?(시오리는 일본어로 책갈피라는 뜻_역주). 선생님의 그 표정이 귀여워서 나도 모르게 웃음이 났다. 선생님도 웃으며 말했다.

"책갈피는 말이지, 길잡이 표시야. 옛날 사람들은 산에서 길을 잃지 않도록 나뭇가지를 꺾어 표시를 남겼대. 그래서 나뭇가지(枝)를 꺾었다(折)고 해서 시오리(枝折)라고 불렀고, 그게 책갈피의 어원이 된 거래."

"그렇구나." 나는 그 작은 금색 막대를 들어 창문으로 비쳐드는 은은한 빛에 비춰보았다.

"미사키가 길을 잃지 않도록……. 아니, 길을 잃었을 때라도 괜찮아. 이걸 손에 쥐고 책을 읽는다면 선생님은 너무 기쁠 것 같아."

흔들리는 꽃 모양 장식이 빛을 받아 반짝반짝 빛나는 걸 바라보며 나는 선생님의 그 말을 귀에 담았다.

*

선생님이 준 책갈피를 손에 들고 며칠 동안 시간을 들여 나는 그 책을 천천히 읽어나갔다. 그 밋밋한 이야기는 읽는 동안 정말로 작은 위안이 되었다.

"쟤는 어차피 망한 인생이라 학교에 더 안 와도 될 텐데."

"자기가 '사고 물건'이라는 걸 아직도 모르는 거야?"

여전히 교실에서 따돌림을 당하고 무시당해 마음이 무너질 것 같을 때에도, 그 어두운 계단참이나 도서실 구석에서 조용히 이야기를 읽다 보면 아주 잠시라도 마음을 달랠 수 있었다.

이야기에 나오는 등장인물들은 모두 어딘가 나와 비슷한 아이들이었다. 호시노 무리 같은, 밝고 눈부신 여자애들은 주인공으로 등장하지 않았다. 내가 본 드라마나 애니메이션, 영화에 나오는 여자애들은 다들 호시노처럼 뭔가 특별한 재능이나 매력을 가진 아이들뿐이었다. 그래서 남들에게 호감을 얻거나, 무언가에 몰두할 수 있는 재능을 갖지 못한 나는 청춘을 보낼 자격이 없다고 생각했다.

하지만 이 책에 등장하는 아이들은 달랐다. 아무것도 갖지 못했기에 더 많이 고민하고 괴로워했다. 나는 그런 고민과 고통이 손에 잡힐 듯 잘 보였다. 세상에는 나 같은 사람이 있어도 괜찮다고, 왠지 허락받은 기분이 들었다.

이야기 속에는 나처럼 교실에서 따돌림을 당하거나 모진 말을 듣는 아이들이 등장했다. 그런데도 그 아이들은 그 이야기 속에서 온 힘을 다해 살아갔다. 그들 앞의 현실은 암울해도, 그들만의 방식을 찾아 최선을 다해 보내고 있었다.

잠들기 전, 나는 그 수수한 표지의 책을 끌어안고 스스로에게 되뇌었다. 내 인생, 아직 망하지 않았어. 이 이야기 속 아이들처럼 열심히 살아가는 사람들도 어딘가에 있어. 나는 혼자가 아니야. 기도하듯 소설 속에 나온 말을 마음속으로 되뇌었다.

나와 비슷한 마음을 품고 있는 아이가 이 넓은 세상 어딘가에 있을지도 모른다고 생각하니 힘이 났다. 호시노 무리가 나를 짓밟으려 하면 나는 눈에 보이지 않는 누군가와 손을 잡고 견뎌낼 것이다.

사타케는 어땠을까.

이 책을 추천한 사타케는 어떤 기분으로 이 이야기를 읽었을까. 그 애는 내 마음을 이해해줄까?

*

계단참에서 점심을 먹고, 여느 때처럼 도서실 테이블에서 책을 펼쳤다. 오늘의 독서는 평소와 조금 달랐다. 책장을 넘기는 손길이 주춤거리느라 힘이 들어가는 게 느껴졌다. 아마 오늘이면 이 이야기를 다 읽게 될 것이다. 남은 페이지 수가 얼마 되지 않았다.

영원히 이 이야기 속에 빠져 있고 싶은데. 이 책을 다 읽고 난 뒤를 생각하면 왠지 울적했다. 하지만 그 마음은 파도처럼 밀려오는 이야기 속으로 흘러가버렸다.

어느새 나는 이야기에 푹 빠져 책장을 넘기고 있었다. 주인공에게 이입되어 그 속에 살고 있었다. 기적도, 행운도, 고통에서 구해줄 누군가가 나타나는 것도 아니었지만, 마지막에 주인공은 아주 작은 용기를 짜내어 스스로 한 걸음을 내디딘다.

그 순간 가슴속에 따스한 무언가가 스며드는 것을 느꼈다. 나도 용기를 내 한 걸음 내디뎌보면 뭔가 달라질것 같은, 그런 생각이 드는 따뜻한 이야기였다. 손끝으로 책 표지를 쓰다듬으며 나는 그 아이들의 미래는 어떤 모습일지 상상의 나래를 펼쳤다. 행복해질 수 있을까? 어떤 어른이 되어갈까? 적어도 인생이 망하는 일은 없겠지, 하고 두서 없이 이런저런 생각을 했다.

좋은 이야기였다. 그래, 나 같은 사람이라도 살아 있어 좋다고. 매일이 힘들고 괴로운 건 당연한 거라고. 그런 말을 들려준 것 같았다. 그렇다면 어쩌면 나도…….

수수하고 밋밋한 표지를 한참 바라보았다. 도서실 책인데도 거의 때가 타지 않아 깨끗했다. 읽은 사람이 거의 없었던 모양이다. 반납하기 아쉬웠지만 계속 가지고 있을 수는 없었다. 하드커버 책은 비싸서 용돈으로 사기 힘든데, 엄마한 테 부탁하면 사주려나. 책갈피를 손에 쥐고 책을 읽었더니 땀이 배어 금색 책갈피가 비를 맞은 꽃줄기처럼 빛났다.

다음엔 뭘 읽을까? 사타케가 추천해준 또 다른 책을 찾아 볼까?

책을 반납하려고 접수대로 가져갔더니 마침 사타케가 반 납 접수를 하고 있었다. 나를 알아봤는지 눈이 마주쳤다.

괜찮으면, 감상 들려줘.

그때 사타케가 했던 말을 떠올리며 살짝 호흡을 가다듬 고, 나는 조용히 앞으로 다가갔다. 말없이 반납만 해도 됐을 텐데. 하지만 시오리 선생님이 그랬다. 같은 것을 좋아하고 그 감상을 나눌 때가 정말 행복한 시간이라고.

나도 듣고 싶었다. 사타케가 이 이야기를 읽고 어떤 감정 을 느꼈는지. 그러면 우리는, 어쩌면 친구가 될 수 있을지도 모른다. 그때 나는 사타케에게 상처 줬던 일을 사과할 수 있 을까.

긴장과 망설임으로 입술은 굳어버렸지만. 아무도 도와주 는 이가 없더라도, 작은 용기가 있다면 앞으로 나아갈 수 있 다. 이 이야기는 그걸 가르쳐주지 않았던가.

"사타케, 나 이 책, 다 읽었어. 추천해줘서……."

그런데 그 순간, 그 애가 말했다. 귀찮고 성가시다는 듯 얼굴을 찌푸리고 나에게서 눈길을 피하며.

"반납은 거기 선반에 그냥 두면 돼."

그때 나는 깨달았다. 그렇지. 내 인생은 이미 망했었지.

접수대 안쪽에서 쏟아지는 수많은 시선이 느껴졌다. 몇몇 도서부원 아이들은 경멸의 눈빛으로 쏘아보았다. 그중에는 같은 반인 마미야도 있었다. 멍청한 내가 눈치채지 못했을 뿐. 호시노의 영향력은 여기까지 미치고 있었던 거다.

"사타케."

간신히 짜낸 목소리는 떨리기까지 해서, 제대로 알아듣기 어려웠을 것이다. 나는 고개를 숙인 채 손에 들고 있던 책을 내려놓으며 말했다. "미안해. 정말로. 미안해."

아마 사과를 해도 너는 나를 용서하지 않겠지. 이제 와서 내는 용기 따위가 무슨 의미가 있겠어. 이야기는 죄다 거짓이다.

나는 도서실을 뛰쳐나왔다. 어디로 갈까. 어떡하지? 이제 어떻게 해야 하지?

"앗!" 복도로 뛰어나간 순간, 걸어오던 시오리 선생님과 부딪칠뻔했다.

"미사키? 무슨 일이야?"

의아한 표정을 짓는 선생님에게 나는 아무 말 없이 입술을 깨물며 복도를 달렸다. 더 이상 이곳에는 내가 있을 자리가 없다.

*

이제 점심시간에는 어디로 가야 하나.

그날 이후 며칠이 지났다. 도서실에서 있었던 일을 생각하니, 시오리 선생님을 대하는 것조차 민망하고 거북했다. 계단참에도 가지 않았다. 나는 쉬는 시간 10분을 화장실에서 보냈다.

주머니에서 꺼낸 금색 책갈피를 무심히 바라본다. 더 이상 읽을 책도 없고, 내가 흘린 땀방울로 이 책갈피가 반짝일 일도 없다. 시오리 선생님을 보고 싶기는 했지만, 막상 만나면 무슨 말을 꺼내야 할지 아무 생각도 나지 않았다.

이동 수업을 마치고 도시락을 가지러 교실로 돌아간 그날 점심시간. 문득 아이들이 내 쪽을 보며 히죽히죽 웃고 있다는 걸 알아차렸다. 그런데 평소의 웃음과는 조금 달랐다. 평소라면 비웃음 속에 교묘한 욕설이 섞여 있었다. 하지만 지금은 욕설은 한마디도 들리지 않았다. 마치 뭔가 엄청 신나는 일이 벌어지기 직전의 분위기였다.

뭐지. 불길한 예감이 엄습했다.

그 예감에 이끌리듯 나는 사물함으로 향했다. 가방을 꺼내 혹시 없어진 물건이 있나 책상 위에 짐을 하나하나 펼쳐 놓았다. 그제야 악의의 정체가 무엇인지를 깨달았다.

엄마가 싸준 도시락.

늘 꽁꽁 묶여 있는 도시락보가 반쯤 풀려 있었다.

나는 떨리는 손으로 보자기를 완전히 풀어 도시락을 꺼냈다. 뚜껑 표면에 검은색 사인펜으로 지저분하게 이렇게 쓰여 있었다.

'화장실 혼밥녀.'

순간, 세상 모든 소리가 사라진 것처럼 귓속에서 거침없이 혈류가 요동쳤다. 조심스레 뚜껑을 열자, 밥알 몇 개만 군데군데 남아 있고 내용물은 거의 사라진 상태였다. 짐작 가는 것이 있어 천천히 그곳으로 다가갔다. 교실 한구석 쓰레기통 안에는 밥과 반찬이 쓰레기처럼 버려져 있었다.

마침내 귓가에 소리가 들려왔다. 키득키득 웃는 아이들의 웃음소리. 그리고 "아, 불쌍해라." 호시노의 목소리. 이어서 주변에 있던 여자아이들도 잇달아 말했다.

"근데 다이어트도 해야 하니까. 차라리 잘된 거 아냐?"

"화장실에서 먹지 않아도 되고."

"알고 보면, 본인이 버린 거 아냐? 항상 도시락 밥을 변기에 버리잖아. 아깝지도 않나 봐."

나는 입술을 깨물고 주먹을 꽉 쥐었다. 매일 아침 출근 준비로 바쁜 와중에도 정성을 다해 도시락을 싸는 엄마의 뒷모습이 떠올랐다.

엄마는 예전부터 요리를 잘해서 어릴 때는 요리사가 꿈이었다고 했다. 친구와 도시락 반찬을 나눠 먹을 때면 친구들은 언제나 엄마의 솜씨를 칭찬했고, 그 얘기를 하면 엄마는 무척 기뻐하며 반찬을 더 푸짐하게 넣어주곤 했다. 나는 그때 도시락 반찬을 나눠 먹었던 아이들을 떠올렸다. 호시노도 그중 하나였다. 다른 엄마들은 어떤지 모르겠지만, 우리 엄마는 일하느라 피곤하고 바쁜데도 나와 친구들을 위해 맛있는 도시락을 싸주었다. 그랬는데……. 어떻게 이렇게까지.

나는 호시노를 노려보았다.

"왜, 이런 짓을 하는 거야."

떨리는 목소리로 간신히 말문을 열었다.

"뭐라고? 다짜고짜 누명을 씌우면 억울하지. 그건 누가 봐도 남자애들이 한 짓이잖아." 호시노는 불쾌하다는 듯 인상을 썼다. 그러고는 눈썹을 치켜세우며 내 쪽으로 다가왔다.

"당장 사과해! 무릎이라도 꿇으면 조금 봐줄 수 있고."

호시노는 비아냥대면서 나를 비난하고 몰아세웠다.

츠지모토를 감싸서 미안하다고. 츠지모토를 무시한 자신은 잘못이 없고, 그애를 감싸며 그러지 말라고 말한 내가 잘못한 거라고, 어쩌면 그럴지도. 어리석은 건 나였고, 츠지모토를 무시하고 비웃은 쪽이 정의인 건지도 모르겠다. 미안하다고 바닥에 머리를 조아릴 수 있다면, 내 인생은 끝나지 않고 예전처럼 돌아갈 수 있을지도 모른다. 하지만 나는 그렇게 할 수 없다. 이제 더 이상 호시노 무리에게 지고 싶지 않다.

"뭘 노려봐? 건방지게."

호시노가 윽박지르듯 말하며 이죽거렸다.

"됐다, 됐어. 학교나 그만둬. 너 같은 애들은 인생 망한 거야. 어차피 고등학교도 못 갈 거고, 대학은 당연히 못 가겠지. 은둔형 외톨이가 돼서 사회의 짐짝밖에 안 될 거야. 우리랑 사는 세계가 너무 달라. 그러니 빨리 포기해."

빨리 포기하라고? 어쩌면 그것이 정답일지 모른다. 나도 더 이상은 못 버틸 것 같다. '화장실 혼밥녀'라고 적힌 도시락을 들고, 그 계단참에서 점심을 먹는 일은 두 번 다시 할 수 없다.

시오리 선생님에게 이 낙서를 보일 수는 없다. 선생님이 알게 되면 분명 엄마한테도 연락이 갈 테고, 그럼 엄마는 학교를 쉬라고 할 것이다. 학교를 쉬면 호시노가 말한 대로 내 인생은 끝장나는 거다. 아니, 어차피 내 인생은 이미 망했다. 이 도시락을 집에 가져가면 엄마도 알게 되겠지. 이제 나는 어떻게 하지? 모르겠다. 저항은 무의미하다. 버티는 것도 의미가 없다. 그래. 그게 맞아. 그래서 다들 그렇게 하는 거다. 매년 집단 따돌림이 벌어지고, 많은 아이들이 죽는다. 당연하지. 이런 걸 어떻게 버틸 수 있겠어. 이렇게는 살아 있을 의미가 없다. 이런 상황에서 어떻게 미래에 희망을 가질 수 있을까.

나는 전속력으로 달리고 있었다. 숨이 턱까지 차오른 상태로 계단을 뛰어올라 어둑한 그곳으로 향했다. 고요하고 눅눅하고 어둑한 이곳에서 보내는 것조차 나에게는 더 이상 허락되지 않는다.

굳게 닫힌 창문에 손을 뻗어 삐걱거리는 창을 힘줘서 밀어 열었다. 나는 여기서 뛰어내리는 것으로 마지막 복수를 하리라 마음먹었다.

"안 돼! 미사키, 절대 안 돼!"

창틀을 붙잡고 몸을 올리려던 순간, 누군가 교복을 잡아

당겼다. 뿌리치려는 손목이 뒤에서 꽉 잡혔고 몸이 확 제압된 것처럼 억눌렸다. 나는 몸부림쳤다. 어떻게든 저기까지 가보려 발버둥 쳤다. 창틀을 꼭 붙잡고, 몸을 내밀며.

나는 정말, 이제 그만 이 막막한 인생을 끝내고 싶다.

"제발……. 제발……."

그건 누구의 외침이었을까. 어쩌면 그것은 나였을 수도 있고, 내 몸에 매달린 시오리 선생님이었을지도 모른다. 내가 몸부림치며 뻗은 주먹이 선생님의 얼굴을 스쳤고, 안경이 계단에 떨어졌다. 그런데도 선생님은 내 허리를 붙잡고 매달렸다.

"제발 부탁이야. 그것만은 안 돼. 제발."

뒤에서 꽉 안긴 채 팔까지 묶여버린 상태로, 나는 겨우 열린 창문을 향해 울부짖었다.

"이제, 다 끝났어요. 내 인생은 망했다고요!"

"아니야, 그렇지 않아."

나는 선생님의 말을 들으며 신음했고 울부짖었다. 차오르는 분노와 참을 수 없는 절망을 마치 저주처럼 뱉어냈다. 그런데 그때마다 내 어깨와 팔뚝을 붙잡고 놓지 않는 손끝에 힘이 들어가는 것을 느꼈다.

"괜찮아. 괜찮아."

근거 없는 말들이 조용히, 계속해서 쏟아져 내렸다.

"아뇨, 안 괜찮아요."

인기 많은 선생님이 대체 뭘 알겠어. 이건 단순한 문제가 아니다. 설령 호시노 무리가 나에게 관심을 끈다고 해도, 내 마음에 새겨진 이 낙인은 결코 지워지지 않을 것이다. 이 어둡고 음습한 과거와 미래는 절대 바뀌지 않을 테니까.

"쟤, 왕따 당했었대. 불쌍하지 않아?"

그런 시선을 계속 마주하면서 학교에 다닐 수는 없다. 당연히 공부도 할 수 없을 테고, 그러면 고등학교도, 대학도 갈 수 없다. 모든 것이 호시노가 말한 그대로다. 호시노의 승리와 내 인생의 패배는 처음부터 정해져 있었던 거다.

"아니야. 그렇지 않아."

시오리 선생님은 내 외침을 지우려는 듯, 계속해서 똑같은 말을 반복했다. 따뜻한 팔이 내 몸을 부드럽게 흔들었다.

"학교에서 보내는 시간만으로 결코 모든 게 결정되는 건 아니야. 그런 걸로 승패를 따질 수는 없어. 있어선 안 되지. 아름다운 청춘을 보내지 못해도 우리는 충분히 살아갈 수 있어. 살아 있어도 괜찮아. 그러니까 지금 이 순간만으로 모든 걸 단정 짓지 마."

"하지만……."

눈을 꼭 감자, 흘러넘치는 열기가 턱 끝까지 뚝뚝 떨어진다.

"너무 힘들어요. 더는 못 버티겠어요……."

고개를 떨구고 있자니, 내 몸을 꼭 끌어안고 있던 선생님의 팔에서 조금씩 힘이 빠져나갔다. 그 대신 부드럽고 은은한 향기가 코를 간질였다.

"미사키가 그랬지? 이야기는 현실과 달라서 싫다고. 이야기에서는 아무리 힘들고 괴로운 일이라도 반드시 누군가 도와주러 와서 결국에는 구원을 받지만, 현실에선 그렇지 않다고."

선생님은 가냘픈 목소리로 말했다. 그 목소리가 떨려서 울고 있는 것처럼 들렸다.

"나도 알아. 선생님도 힘들고 괴로울 때가 많았거든. 아무도 도와주지 않아서 마음이 무너질 것 같고 캄캄한 내 미래를 떠올리며 절망한 적도 있어. 그런데 어느 날 문득 깨달았어. 아무도 나를 도와주지 않았던 건, 내가 도와달라는 목소리를 내지 않았기 때문이라는 걸. 그래서 겁내지 않고 도와달라는 말을 하기 시작했어. 그랬더니 정말 조금씩 변하기 시작하더라고."

선생님은 나를 부드럽게 흔들며 다정히 속삭였다. 여러 번 같은 말을 쌓아갔다.

"이야기에서처럼 드라마틱하지는 않았지만, 조금씩 도와달라고 요청했더니 누군가 도움을 주기 시작했어. 이야기는 허구일지 모르지만 다 거짓은 아니야. 이야기에서처럼 아름다운 세상을 소망하는 사람들은 많아. 미사키를 도와줄 사람도 많을 거야. 그러니 도와달라는 목소리를 내며 살았으면 좋겠어. 인간을, 어른을, 아름다운 이야기를 소망하는 사람들을 믿고."

그 말이 진짜일까. 그 말을 바보같이 덥석 받아들일 수는 없었다. 하지만 만약 정말로 그렇다면.

"선생님…… 도와주세요."

눈을 꼭 감은 채 간절하게 애원했다. 갈라지고 금방이라도 사라질 듯한 목소리로. "도와주세요. 저 좀 도와주세요."

나의 애원에 선생님은 말했다.

"걱정하지 마. 선생님이 도울게. 내가 도와줄게."

*

수업 시간 중의 도서실은 시간이 멈춘 것처럼 조용했다. 내가 며칠 동안 사라진 그 교실에서 무슨 일이 일어났는지는 알 수 없다. 시오리 선생님이나 담임선생님이 호시노 무리에게 어떤 조치를 취했는지, 또 그게 얼마나 효과가 있었는지도 알지 못한다.

이제 그런 건 아무래도 상관없다. 호시노 무리는 선생님한테 혼났다 해도 조금도 신경 쓰지 않을 것이다.

엄마는 내게 학교에 가지 않아도 된다고 했다. 예상했던 말이었다. 나는 학교에 가려고 했지만, 그 교실에는 도저히 못 갈 것 같았다. 나는 시오리 선생님이 있는 도서실에 갔다.

흘러가는 대로 어른들의 말에 따라 거기서 혼자 공부도 하고 책도 읽고 시오리 선생님과 수다를 떨며 시간을 보냈다. 점심시간에만 도서부원 아이들의 시선이 신경 쓰여 그 계단참에서 도시락을 먹었다. 매일은 아니었지만 시오리 선생님도 같이 있어 줘서 그곳은 우리의 비밀 아지트 같았다.

선생님은 언젠가 내가 도서부원 아이들과 친해지면 좋겠다고 했지만, 내 처지를 생각하면 역시 동정어린 시선을 받고 싶지 않았다. 어색한 분위기를 만들고 싶지도 않아서 그건 어렵지 않을까 싶었다. 그런데 왜 피해자인 내가 교실에서 격리되어야 하는 걸까.

"선생님. 저, 계속 여기 있어도 되나요?"

도서실 접수대에서 숙제용 프린트를 하고 있을 때였다. 갑자기 부풀어 오른 불안감에 떠밀리듯 혼자 중얼거렸다.

이런 걸 계속해서 대체 무슨 소용이 있는 건가 싶었다. 나는 이미 순조롭게 '망한' 인생 코스를 걷고 있다. 언제까지 이렇게 뻔뻔하게 여기에 다닐 수 있을까 하는 생각이 들었다.

머지않아 주위의 시선을 견디지 못해 집 밖으로 못 나가게 될 것이다. 한번 발을 헛디디면, 나는 그대로 낭떠러지 아래로 곤두박질칠 것이다. 내 미래가 이렇게 암흑뿐이라니, 그 사실이 너무나도 두려웠다.

선생님은 컴퓨터 앞에서 무언가를 작업하고 있었다. 그런데 언제 들었는지 손을 멈추고 안경을 고쳐 쓰며 말했다.

"당연히 괜찮지. 무리해서 교실로 돌아가지 않아도 돼."

선생님은 부드럽게 웃으며 말했지만, 나는 시선을 떨군 채 불안한 마음으로 중얼거렸다. "하지만 역시 교실에 가지 않으면 고등학교엔 못 가겠죠? 또, 고등학교에 못 가면 제대로 된 어른이 되지도 못할 거고."

"말했잖아." 귀에 들려오는 건 명랑한 목소리였다.

"학교에서 보낸 시간으로 모든 게 결정되는 건 아니야."

"정말로 그럴까요?"

"물론이지. 선생님도 그런 시간을 보냈어. 내가 무사히 어른이 될 수 있을 거라고 믿어지지 않았고, 미래가 절망스러웠어. 학교에 가지 못할 때도 있었고, 아이들의 시선이 무서워서 견딜 수가 없었어. 그래서 나도 10대 주인공의 이야기를 읽으면 후회되는 게 많아. 그때는 되고 싶은 것도, 이루고 싶은 꿈도 없었거든. 그렇지만 어떻게든 어른이 됐잖아.”

“하지만 그건 선생님의 경우잖아요. 제가 어떻게 될지는 모르죠.”

“그렇지.” 선생님은 고개를 끄덕였다.

“미사키가 어떻게 될지는 알 수 없어. 하지만 어떻게든 될 거야. 살아 있기만 한다면 그 가능성은 무궁무진해. 선생님도 어떻게든 헤쳐나왔으니까 미사키도 분명 잘해 낼 가능성이 크겠지? 다들 어릴 때는 상상도 하지 못했던 모습으로 어른이 되어 가. 어른이 된다는 건 그런 거야.”

정말 그럴까. 내가 입을 다물고 있자, 시오리 선생님은 미소를 짓더니 의자에서 일어섰다. 접수대 밖으로 나가 작은 책장 앞으로 향했다. 그것은 시오리 선생님이 학생들에게 읽히고 싶은 책들을 골라 꽂아둔 책장이었다. 그곳에 나란히 늘어선 책등을 손끝으로 훑으면서 선생님은 말했다.

“나는 내가 보낸 잿빛 청춘을 조금은 자랑스럽게 생각해. 힘들고 괴로운 10대를 보냈기 때문에 할 수 있는 일이 분명 있거든. 그러니까 미사키가 겪은 괴로움도 분명 헛되지만은 않을 거야.”

"저는 그냥 평범하게 학교에 다니고 싶어요. 괴로운 일 같은 거 겪지 않고요. 그런데 왜, 나만……."

내가 잘못한 게 아닌데, 왜 이런 일을 당해야 하느냐고!

"선생님, 제가 진 거죠? 이건 그냥 도망치는 거죠?"

"괜찮아. 힘들면 도망쳐도 돼. 이상한 건 교실에 있는 아이들이지 미사키가 아니야. 위험한 곳에서 벗어나는 건 당연한 거야. 그러니까 미사키는 아무것도 잘못한 게 없다는 사실을 반드시 기억해."

나는 아무것도 잘못한 게 없다. 고개를 숙인 채, 북받쳐 오르는 억울함을 누르려고 입술을 꽉 깨물었다.

나는 마음속 어딘가에서 두려워하고 있었던 걸지도 모른다. 어른들은 쉽게 말한다. 학교에 가지 않으면 미래는 어떻게 할 거냐고. 격리되어야 하는 건 가해자인데 피해자가 도망쳐서는 안 된다고. 그래서 나는 줄곧 참고 또 참았다. 도망치면 끝이야. 버티고 버텨서 끝까지 교실에 있어야 해. 그래야 인생이 망하는 걸 막을 수 있다고. 마음속 어딘가에서 그런 목소리가 나를 끊임없이 다그쳤다.

하지만 시오리 선생님은 말했다. 도망쳐도 된다고. 이상한 건 교실에 있는 아이들이라고. 위험한 곳에서 벗어나는 건 지극히 당연한 일이라고.

"미사키는 아무 걱정하지 않아도 돼. 이런 상황에서 교실에 가지 않아도 문제없도록 하는 것이 나와 어른들이 할 일이니까."

"제가 정말, 어른이 될 수 있을까요?"

"당연하지." 아무 근거 없는 말일 텐데도 내 불안을 단숨에 지워버리듯 선생님은 웃었다.

"하지만 그러려면 머릿속으로 미래를 구체적으로 그려보고 책장을 계속 넘겨야 해. 미사키는 어때? 바라는 대로의 미래가 온다면 어떤 사람이 되고 싶어? 어떻게 살고 싶어?"

"모르겠어요." 나는 신음하듯 토해냈다. 어른이 된 내 모습이 조금도 상상되지 않았다.

"왜냐면, 저는 아무것도 가진 게 없잖아요. 이런 제가 뭐가 될 수 있겠어요."

"선생님도 가진 건 아무것도 없어. 그저 좋아하는 것이 있을 뿐이지. 무언가를 좋아하는 게 그렇게 어려워?"

"잘 모르겠지만, 어려워요."

"조급해하지 않아도 돼. 몇 살에라도, 언제든 좋아하는 것을 시작할 수 있으니까. 사람은 다른 사람을 만나서 달라질 수도 있고, 그런 사람을 만나지 못하더라도 우리는 이야기를 만나 변할 수도 있어."

책장에서 시선을 떼지 않은 채, 선생님은 살짝 자랑스러운 표정으로 말했다. 그게 얼마나 중요한 사실인지 알려주려는 듯, 책 한 권을 꺼내 가슴에 품더니 선생님은 행복한 미소를 지었다. 나는 그런 선생님을 어리둥절한 눈빛으로 바라봤다.

"미사키는 자신이 이야기 속 주인공들처럼 특별한 뭔가를 갖고 있지 않다고 했지? 이렇게 생각해보면 어떨까? 그렇기 때문에 이야기의 주인공이 무언가를 주기 위해 그런 능력을 가지고 있다고. 이야기를 통해 네가 무언가를 손에 넣을 수 있게 말이야."

나는 그 말의 의미를 곰곰이 생각해보았다. 이야기 속에 등장하는 다양한 인물들과 그들이 가진 재능이나 열정에 대해서. 이야기를 통해 나는 그 재능과 열정을 잠시 빌려올 수 있다. 아주 짧은 시간일지라도 그것들을 간접적으로 경험해볼 수 있다. 어쩌면 그렇게 해서 피어나는 호기심이나 좋아하는 마음도 있을 것이다.

"그게 이야기와 만난다는 건가요?"

"맞아. 이야기 속에서 주인공을 도와주는 인물도 어쩌면 미사키를 만나기 위해 존재하는 걸지도 몰라. 우리는 이야기를 통해 그 속에 살아 있는 인물들을 만날 수 있어. 그들이 건네는 말과 다정함은 아마 진심일 거야. 그런 사람을 실제로 만나지 못하더라도, 이야기에 담긴 간절한 소망이 우리를 구해줄 거야."

나는 그동안 현실과는 동떨어진 이야기가 싫었다. 너무 눈부셔서 내 비참함이 더욱 선명해지는 것만 같았기 때문이다. 이야기 속에서는 꼭 누군가 때맞춰 도와주러 오지만, 현실에서는 그런 일이 절대로 일어나지 않으니까.

하지만 시오리 선생님 말대로 이야기 속에 깃든 다정함이 진짜라면 주인공을 돕기 위해 나타나는 인물들 역시 나 같은 독자를 위로하고 다정한 말을 건네기 위해 존재하는 거라고 생각해도 좋을 것 같다. 그렇다면 힘들 때, 외로울 때, 구원을 얻고자 책을 읽는 것도 분명 큰 의미가 있다.

"그러니까 외롭고, 길을 잃었다고 생각될 때는 이야기를 읽어봐. 아름다운 말을 접하고, 상상력을 키우고, 다른 사람의 마음을 이해할 줄 아는 사람이 되어줘. 그렇게 다정함을 가득 채운 멋진 어른이 되어주렴."

선생님은 어쩐지 행복한 미소를 띠며 말했다.

흐린 하늘에 잠시 해가 나온 듯, 창문 너머로 부드러운 빛이 쏟아져 우리를 감쌌다. 다른 때와 달리 그 빛이 전혀 눈부시지 않고 따스하다고 느껴졌다.

살짝 쑥스러워진 나는 시선을 돌렸다. 그리고 교과서에 끼워둔 그 금색 책갈피를 살며시 꺼냈다. 선생님이 준, 길을 잃지 않기 위한 표식. 이걸 한 손에 쥐고 많은 책을 읽어나 간다면 나 같은 사람도 선생님처럼 멋진 어른이 될 수 있을 까? 매일의 괴로움과 고통을 당당히 말할 수 있는 날이 언젠 가 올까?

나는 선생님이 품에 안고 있던 책을 다시 제자리에 꽂는 모습을 가만히 지켜보았다. 시오리 선생님은 어떤 책들을 읽고 어른이 되었을까. 나도 책을 읽고 싶다는 생각이 들었 다. 시오리 선생님이 해온 것처럼 나도 많은 책을 읽으며 어 른이 되고 싶다.

나는 과연 어떤 어른이 될까? 제대로 된 어른이 될 수 있 을까. 아직은 잘 모르겠다. 그걸 알기 위해서는 조금 더 살 아봐야 할 것 같다.

"선생님."

"응?"

'저, 선생님 같은 어른이 될 거예요. 앞으로 더 많은 책을 읽고, 열심히 공부할게요.' 그 말은 너무 쑥스러워서 입 밖으 로는 꺼내지 못했다. 대신 손에 쥔 금색 책갈피를 만지작거 리면서 말을 돌렸다.

"근데 왜 다들 선생님을 시오리 선생님이라고 불러요? 책
갈피를 주기 때문에요?"

말도 안 되는 질문이었다. 선생님의 진짜 이름은 시오리
도 아니고 책갈피도 아니니까.

"아, 그건 말이지." 선생님은 내게 다가와 살짝 쑥스러운
듯이 말했다.

"그런 이유도, 내 이름을 보면 중간에 '시오리'가 들어가
있거든. 예전에 도서부원 아이에게 책갈피를 하나 줬더니
그 이후로 '시오리'라는 별명이 붙여졌어."

"이름 중간에요?"

"응, 여기 보면."

선생님은 주머니에서 명함을 꺼내 접수대에 놓으며 내게
보여줬다.

그때, 도서실 문이 열리고 고다 선생님이 얼굴을 내밀었다.

"마시오 선생님. 과제 도서 건으로 잠시 의논드릴 것이
있는데요."

"아, 네." 시오리 선생님은 밝고 큰 소리로 대답하며 고다
선생님 쪽으로 걸어갔다.

나는 접수대에 놓인 명함 속 선생님의 진짜 이름을 한참
들여다보았다.

마시오 린나.

마, 시오, 린나.

마, 시오리, ㄴ나.

아! 그래서 시오리 선생님이었구나.

"이상한 별명이네." 하지만 시오리 선생님에게 정말 잘 어울리는 이름이었다.

나는 도서실에 쏟아져 들어오는 햇살을 향해 금빛으로 빛나는 책갈피를 가만히 들어 올렸다.

*

그날은 부슬부슬 비가 내렸다. 방과 후의 도서실. 나는 여느 때처럼 눈에 띄지 않는 구석진 테이블에 앉아 이야기에 빠져 들었다.

그 이후로, 아주 조금 소설을 좋아하게 되었다. 아무리 눈부신 이야기라도 나 자신의 비참한 처지와 비교해 의욕을 상실하는 일은 점점 줄어들었다. 그 빛이 너무 강렬해 피부가 타들어갈 것 같은 때도 있지만, 식물이 광합성을 하듯 이야기의 밝은 빛을 영양분 삼아 아름다운 꽃을 피울 수 있으면 좋겠다고 생각했다. 주인공의 재능과 열정, 애정이 언젠가는 나에게 깃들지도 모른다. 그것이 내가 가진 가능성 중 하나니까.

다정한 말을 들으면 나도 다정해지자. 아프고 괴로운 말을 들으면 묵묵히 견디자.

내가 어떤 어른이 될지는 아직 잘 모르겠다. 앞으로의 일은 하나씩 차근차근 생각해보려고 한다. 교실로 돌아가서 아무 일도 없었다는 얼굴로 공부를 할 수도 있다. 친한 친구가 있는 반으로 옮기는 방법도 있고, 도서실에 계속 다닐 수도 있다. 선생님 말대로, 학교에서 보낸 시간이 인생의 전부를 결정짓는 것이 아니라면, 반 아이들의 이상한 시선을 부끄러워하거나 미래를 불안하게 생각할 필요도 없다.

어쩌면 호시노 무리는 승리를 확신하고 나를 비웃을 수도 있겠지. 하지만 도망치는 것을 부끄러워해서는 안 될 것 같다. 그런 아이들과 함께 보내는 시절이 청춘이라고는 생각되지 않는다.

나는 살아서 어른이 될 것이다. 저 아이들에게 지지 않는 멋진 어른이 될 것이다. 교실이 아닌 도서실에서 시간을 보낸다고 해서 불행한 것은 아니다. 비록 현실이 괴롭고 미래에 대한 희망이 보이지 않더라도, 지금의 내가 상상도 못할 만큼 멋진 어른이 될 수 있다. 그러니 지금은 힘들어도 분명 괜찮은 날이 올 것이다. 미래는 살아보지 않으면 알 수 없는 법이니까.

그러니까 이야기 끝에 상상의 나래를 펼치고 내일의 나를 아주 조금씩 상상해보려 한다. 어쩌면 페이지를 넘긴 그 끝에는 상상도 못했던 일이 기다리고 있을지도 모르니까. 앞으로 펼쳐질 이야기는 결국 우리의 상상력에 달려 있다.

"저기, 미사키……."

어깨너머로 조심스럽게 말소리가 들려왔다.

그 목소리에 뒤를 돌아보며 나는 한 송이 꽃이 흔들리는 금색 책갈피를 살포시 책에 꽂았다. 조금은 의외라고 생각해 순간 조금 놀랐지만, 동시에 기쁨으로 가슴이 벅차올랐다.

봐, 생각지도 못한 내일이 찾아왔잖아. 망설일 필요 없어. 우선은 좋아하는 이야기부터 시작하자. 내 진짜 이야기를 펼쳐서 보여줄 테니, 너도 너만의 이야기를 들려줘. 같은 것을 좋아하고 그 감상을 나누는 것은 분명 행복한 시간이 될 테니까.

언젠가는 이 마음이 자긍심으로 바뀌고, 아름답게 빛나는 꽃을 피워가며 그렇게 난 조금씩 어른이 되어갈 것이다.